【装丁・本文デザイン】
鈴木俊文（ムシカゴグラフィクス）

【タイトルロゴ】
margt・Shu Sasaki（PERIMETRON）

ＩＮＦＯＭＡ《インフォーマ》とは、社会の表から裏まで各種情報を把握し、かつ情報を操ることによって実体社会を意のままに動かす者を指す。だが、その実態は謎に包まれていて、日本どころか世界中に配下がいる巨大組織説もあれば、たった１人ではないかともささやかれている。いわば、都市伝説である。ただ、凶悪犯罪やメディアが騒然とする事件が起きた時、ひとたびＩＮＦＯＭＡの名前が浮上すると、事態は収束してしまうのだった——。

プロローグ

○木原慶次郎

国道二号線を西へと、白塗りのベンツEクラスは疾走していく。右手にハンドル、左手はカーオーディオにBluetooth接続したiPhoneと、それぞれを木原は器用に操作していた。

ようやく、寝ぐらにしているマンションが見えてくる。しかし、マンションを素通りして、ベンツは周辺を迂回する。ヤクザ時代からの抜け切らない習性だった。内偵している刑事がいないか、何か不穏な気配はないか、確認しないと落ち着かないのだ。

現に、今日もマンションの裏手の公園に怪しげな一台の「わナンバー」の軽自動車が停車していた。運転席のほうに眼を凝らすと、一瞬、若い男が視線を逸らしたように見えた。その横を木原は気にするそぶりを見せることなく通りすぎる。

「ヒネ（刑事）にしてはアカ抜けすぎとんな……。かというて、半グレのような雰囲気もない」

　ひと昔前まで刑事の張り込みといえば、二人一組が基本だった。しかも、乗り込む車両は型落ちのシルバーの国産車と相場が決まっていたが、世間に知られすぎてしまい、ここ最近では刑事もレンタカーを使い、一人で張り込みに出るケースもある。

　木原は軽く首を傾げてから、ベンツを駐車場に突っ込んだ。階上へと向かい、施錠していない玄関を勢いよく開け放つ。

「おいっ！　こらっ！　はかどっとんかいっ！」

　大声を張り上げると、ちょうど玄関の土間を雑巾で磨いていた図体のでかい男が滝のような汗を垂らしながら、顔をあげる。男の名前は室田マサ、木原の配下の一人だった。

「お帰りなさいです」

　芝居がかかった室田のしんどそうな顔を見て、木原は鼻を鳴らした。

「ふんっ。お前、ウソつくなよ、何をシラ切っとんねん。どうせ今までサボってたんやろうが。車の音を聞いて、慌てて掃除し出したんとちゃうんかい。ほんま、お前らはサボることしか考えてへんからの。おい！　汗がポタポタと床に落ちるやろうが、気ぃつけて掃除せんかい」

「違うっすよ！　ずっと掃除してましたよ。見てくださいよ、家の中、だいぶキレイになりましたよ。というか、ボス、なんでタワマンを引き払うんですか？」

「お前はアホか。オレはインフォーマやぞ。言うなれば、おるかおらんかわからん都市伝説のような存在や。それは禁断の果実みたいに神秘的でなければならんやんけ。禁断の果実がどこの木になっているか知られてみろ。途端に魅力は半減、熱狂的なファンたちをガッカリさせてまうやろ。そやから、オレは同じ場所に長いこと住んだらあかんのや」

室田が唖然とした顔で固まっている。もしかすると木原の熱弁に感極まっているのかもしれない。

鍵をリビングのソファに放り投げて、チリが落ちていないか、部屋の隅々まで見渡す。ボチボチといったところか。Ｔｗｉｔｔｅｒのホーム画面をタップする。トップに表示されたのは闇バイトの犯罪動画だった。覆面を被った男たちが高級腕時計店を襲い、ショーケースを叩き割り、腕時計を次々と持ち去る場面はもちろん、逃走の途中で店員に取り押さえられた仲間を見捨てる男たちの姿などなど、凄い勢いで拡散されている。

「次のシノギは闇バイトやの」

「ええっ！　勘弁して下さいよ！　オレ、強盗とかそういうの無理っすよ！」

そんな室田を見て、木原はため息をついた。何が悲しくて、闇バイトなんてしなくてはならないのかと……。

「あのな、シノギもビジネスもただ待っていても、なんも生まれてこんのじゃ。これはネタになりそうやと思ったら、誰にもわからんように突っ込んでいって、いつのまにか自分のビジネスに変えてまうんや。まあ、お前は難しいこと考えんでええ。裏の公園に、『わナンバー』のレンタカーが止まってるから、その雑巾絞ったら、まだいてるか、わからんように見てこい」

「なんでまた、レンタカーっすか？　それも闇バイトとなんか関係あるんすか？」

「お前はごちゃごちゃ言わんと、オレに言われたことだけ黙ってやってたらええんじゃ。それで、まだ車が停まってたら、運転席の若い兄ちゃんをｉＰｈｏｎｅで隠し撮りしてこい」

雑巾をバケツで絞りながら、室田が不貞腐れたようにコクリと頷いた。

「それが終わったら、いったん東京に帰れ」

室田の顔がパッと明るくなったのを木原は見逃さなかった。

「何を嬉しそうにしとんねん。なんやったら一生、身の回りの世話をさせたろかいっ」

ブルンブルンと首を振る室田に続けた。

「でな、東京に戻ったら、いろんなところで、オレの不満を言いまくれ。『もうあの人にはついていけん』『だから尼崎から逃げてきた』そういうテイにせえ。それに同調して接触してきたヤツがおったら、すぐに知らせ。クズオらにも言うな」

「えっ、ウチの人間らにもっすか?」

驚いた表情を浮かべる室田の眼を見た。

「ええか。インフォーマは街の情報屋やないんやぞ。常に裏の裏をかいて先手をとるんや。だからオレは特別なんや。ええからお前はささっと、裏の公園に行ってレンタカー見てきたら、東京に帰って、言われた通りにしてたらええんじゃ。サッサといってこい」

慌てて室田が飛び出していく。室田のごつい背中が視界から消え去るのを確認すると、iPhoneのLINEアプリを開き、通話ボタンをタップした。数回の着信音のあとに、相手につながった。

「おう、どうや、そっちは暑いやろう。無茶してへんやろうな?」

それは、ごく自然に漏れた優しい声色だった。

――なんも変わりない。要件だけを手短に言ってや。

ぶっきらぼうな口調だが、いつの間にか母親の声と見分けがつかなくなってきた。

「週刊タイムズが闇バイトの独占取材をやるみたいや。多分、オレにもそろそろ協力して欲しいって、編集長の長澤から連絡があるやろう。そうなったら、そっちに行くことになる思うから、なんかあったらＳｉｇｎａｌでメッセージを送っといてくれ。あっ、それからなんか、食いたいもんとか……」

返事もなく、一方的に通話が遮断される。

「ほんま……女の子は難しいの」

ため息混じりに独りごちていると、右手のｉＰｈｏｎｅが振動し、ディスプレイに「長澤」の二文字が浮かび上がる。ビンゴだった。

「おう、どないしてん？　久しぶりやんけ」

普段通りの声色に戻したが、木原は胸の内の躍動感を抑えきれずにいた。

目次

第1章

○三島寛治

周囲の都市開発から取り残されたかのように、昭和を思わせる店構えは二年前のままだった。昭和の時代には生まれていないが、肉の脂とタレが焦げる匂いが染みついた暖簾が、この店が自分より年上であることを物語っていた。まさか、この焼肉店を再び訪れることになるとは思いもしなかった。前に立つだけで濃厚な香りが鼻腔をくすぐり、食欲を駆り立てる。同時に、あの男の顔が脳裏に浮かんだ。三島は覚悟を決めて、年季の入った引き戸を開けた――。

あれは二日前のことだった。

ある者はパソコンの前に座り、一心不乱にキーボードを叩き、またある者は電話の応対に追われている。騒然とする締め切り日を迎えた週刊タイムズ編集部で、編集長席の前で三島がひときわ大きな声をあげていた。

「はあっ？　オレがっすか？　ちょっ、ちょっと待ってくださいよ！　闇バイトの潜入取材なんてイヤですよ！　白昼堂々、宝石店や高級腕時計店を襲ったりするようなヤツらっすよ！　この前なんて、老婆を縛りあげて強殺ですよ！　強殺！　ハコさんか有村にでもやらせたらいいじゃないっすか。あ、痛っ……」

三島が叩かれた頭を押さえて、うしろを振り返ると、そこには箱崎が週刊タイムズの今週号を丸めて立っていた。

「なんでデスクのオレがお前の代わりに現場に行かなきゃいけないんだよっ」

「いや、ハコさんは現場を大事にする主義じゃないですか。それに……」

呆れた表情を見せる箱崎に、三島が食ってかかろうとするところを、席に座る編集長の長澤まさみが遮った。

「三島、今どれだけ出版業界が冷え切ってるか、あんただって知ってるでしょう。もう週刊タイムズは存続の危機に立たされてんのよ。ここで独占スクープでも出さないと、休刊よ、休刊。そうなったら、あんたなんて、即ニートよ」

何が即ニートだよ、大きなお世話だ。休刊になったら、あんたこそ無職のババアじゃねえか、そう心の中で叫びながら、三島は編集長席へと向き直った。ただ、長澤の言うことはウソではなかった。ＳＮＳが普及して余暇に週刊誌を手にする人間はめっきりいなくなった。週刊誌どころか紙媒体はどこも軒並み部数を落としている。週刊タイムズもウェブ媒体への転換を急いでいるが、うまくいっているとは言いがたいのが実状だった。そう考えると、長澤の強気な態度も、どこかかわいそうにも見えてくる。

「ここで、あんたが闇バイトの実態を暴いて記事にできれば、この現状を打破することもできるかもしれないんだからね。これはチャンスなのよ。来週からバンコクに出張して、SNSマフィアの実態を暴いてらっしゃい！」

「バ、バンコク……？」

長澤の言葉に三島は我が耳を疑った。

「お前、知らなかったのか？　日本で起きてる強盗、特殊詐欺なんかの事件は全部、海外からSNSを使って、日本に指示が飛んでんだよ。それをお前が現地に行って、密着取材してくるということだな」

箱崎はバカじゃないだろうか。でなければ、犯罪者に密着なんてことを軽々しく言えるわけがない。そもそもSNSマフィアなんてものに首を突っ込んでいたら、命がいくつあっても足りやしない。

「編集長、それがですね、あいにくパスポートの期限が切れてましてね……。残念、行きたかったたな、バンコク。ＳＮＳマフィアの実態、暴きたかったたな、あぁ本当に、残念っす。あっ、あのＪリーガー、そうお盛んなアイツです。また夜のハットトリックを決めているらしくて、どうも不倫してるみたいなんですよね。張り込みに行かないと……」

三島はカメラバッグを手にして、そそくさと出ていこうとした、そのときだった。編集部のドアが勢いよく開け放たれた。

「編集長！　ありました、三島のパスポート」

右手人差し指で三島のアパートの鍵が付いているキーホルダーを回しながら、左手には赤いパスポートを持つ後輩の有村架純だった。

「あっ！　お前、なに勝手に人の家の鍵を開けて、無断に侵入してんだよ！　犯罪だぞ、犯罪！」

有村は三島に反応することなく、パスポートを開いてみせた。

「編集長、パスポートの期限なんて切れてないんで、明日からでも大丈夫です」

この女狐だけは、絶対に警察に訴えてやる。三島は有村を睨みつけた。

「ていうか、三島、あんたさ、何あれっ。悪臭、強烈なんだけど。マジ、あんなとこに住んでんの？　ゴミステーションじゃん。ちょっと引くんだけど」

他人のアパートの鍵を無断でデスクから持ち出し、不法侵入してきた挙句、パスポートまで盗んできておいて、なんたる言い草だ。闇バイトよりもタチが悪いではないか。

「ただね、三島、ひとつだけ問題があるのよね」

長澤は気でも狂っているのか。ひとつどころか問題だらけではないか。なんだったら問題しかない。

「そうなんだよ。まったく乗ってこないんだよな、あの人もヤキが回っちまったのかな」

箱崎の一言で三島の脳裏に関西弁の悪魔が甦ってきた。ずっと着信拒否にしている男、木原慶次郎だ。あいつに関わるとロクなことがない。

「だからさ、三島、あんた今から尼崎まで行ってきて、きぃちゃんを口説いてきなさいよ、ねえ」

長澤の言葉に三島はクラクラせずにいられなかった。

○鬼塚拓真

熱帯特有の湿気を帯びた空気の中で、この男だけは蒸し暑さを感じないのだろうか。鼻筋の通った端正な顔立ち、浮かべる表情はどこまでも涼しげだった。それどころか、感情というものを持ち合わせていないのではないかと思えるほど、表情から何も伝わってこない。

タイ・バンコクには二千を超えるスラムが存在する。そこに住む人々は貧困がゆえに手を取り合いながら暮らしている。そこに身分や出自の別はなく、当然ながら国境を越えてくる流民にも寛容だ。ラオスやカンボジアなど隣国からの出稼ぎ労働者はもちろん日本や中国のアウトローだって街に溶け込める。今日や明日を生き抜くのに必死な者たちは、金を得られるのならば合法と非合法の区別は大きな問題ではない。鬼塚がアジトを置くには都合が良かった。

椅子にもたれる鬼塚のタンクトップから伸びる両腕には蛇の刺青が手の甲まで入っていた。まるで、右手に持つｉＰｈｏｎｅは蛇にからめとられているかのように見えた。無感情な表情のまま鬼塚は、そのｉＰｈｏｎｅの画面に視線を落としている。その画面からは、場違いなほどリズムの良い声が弾き出されていた。

——全国の匿名さん、こんばんは。深夜の放送部こと、たっくーです。今日はですね、またしても闇バイトで起きた強盗殺人について話していきましょう。

資産家がまたまた金品を奪われて縛り上げられた上に、殺されるという事件が起きました。今月で、すでに六件目ですよ。

ただ、この事件。どうも海外からＴｗｉｔｔｅｒを使い、富裕層宅へ導くなど強盗に指示をしているんじゃないかっていう情報が入ってきました。

なんでもその人物は、実行犯らに「デーモン」と呼ばれて、恐れられているようでして、誰もデーモンに直接、会ったことはないという話なんですよね。本当に存在するのか、わからないデーモン。まさに都市伝説的な存在で……。


無表情のままＹｏｕＴｕｂｅを観ていた鬼塚が、そこで動画を遮断させ、目の前の椅子に縛りつけられた血まみれの男に視線を向けた。

「あれだけ細心の注意をしろと言ったのに、お前が適当にＴｗｉｔｔｅｒで投稿したりするから、海外からの指示だとこうやって噂されている」

表情だけでなく声からも感情は伝わってこなかった。鬼塚は腰に差してあった拳銃を抜きとった。

「ち、違うんです！　こ、これは……」

鬼塚は首を振り、流暢なタイ語でこう言い放った。

「ゲーカイ（償え）」

そして、トリガーにかけた指先をなんの躊躇もなく絞った。ドンという地響きのような音が鼓膜を突き刺すと、男は椅子に縛りあげられた姿勢のまま、後方に弾き飛んだ。

「裏切りは血で償わなければならない。これがＳＮＳマフィアの掟だ」

鬼塚が立ち上がり、血だらけの男を囲んでいた男たちに視線を振った。

「血を見ると肉が食べたくなる。死体の処理はあとでいい。メシを食べにいくぞ」

気怠そうに立ち上がると、鬼塚は髪をかきあげながら背を向け、拳銃を腰に差し込み、合法化された大麻を咥えたのだった。

○三島寛治

網の上で焼かれるホルモンから脂が落ちるたびに煙が上がる。その煙の向こうには、トングを使い、ホルモンを裏返す木原慶次郎がいる。向かいに腰を下ろす三島が呆れたような声を出す。

「本当にホルモン好きっすね」

三島の声は木原に届いていないかのように、顔を上げずに木原は口を開いた。

「おい、ポンコツ。普通、逆やろが。オレが嫌がるお前を巻き込むんがセオリーやのに、なんでお前からオレに会いに来とんねん」

こっちだって仕事でなければ木原と関わるのは、さらさらごめんだった。

「いや、あのですね、編集長がどうしてもインフォーマである木原さんのお力をお借りしたいと申しておりまして……」

「ほう、オレの電話を着信拒否しとったんも、長澤の命令かいっ」

着信拒否していたことを根に持っていやがる。女々しい男だ。

「あ、あれはですね……。そう！　操作ミスで勝手にですね、アチっ！」

三島の顔面に焼き立てのホルモンが張りついていた。

「ウソつくんやったら、もっとマシなウソつかんかい。だいたい長澤もお前もオレを正義の味方かヒーローかなんかと勘違いしてへんか」

確かに、木原の情報力は凄まじい。その人脈や情報網と対等に渡り合える人間はまずいないだろう。

だが、どこをどう考えれば、木原が正義の味方とかヒーローとなるのか。仮に、そうだったとして自分で恥ずかしげもなく、そんなことを言える神経が理解できない。

「おい、ポンコツ。今、心の中で何を言うた？」

三島は慌てて首をブルンブルンと振る。こいつは、いつのまにか心の中まで読めるようになったのか。

「な、何も……やっぱり木原さんは凄い人だなあと」

木原は満足気に頷いている。どうも買いかぶりすぎたと三島は思い直した。

「確かにオレは凄い。日本イチ、いや世界イチや。コンプラなんてもんがない時代やったら、大臣になっててもおかしない逸材や。ただ、なんでオレがわざわざ闇バイトかＳＮＳマフィアか知らんけど、そんなヤツらを退治せなあかんねん。アホらしい。週刊誌が潰れようがオレの知ったことか」

吐き捨てるように言うと、こんがり焼けたホルモンをトングですくい上げ、タレを軽くつけると割り箸を使って口の中へと頬張った。

「インフォーマだからですよ。木原さんがインフォーマだからです」

三島の口をついて出た言葉だった。

「なんやって?」

聞いていないようなそぶりを見せる木原だが、その眼に先ほどまでとは違う感情が浮かび上がっているような気がした。

「アノニマスって知ってますよね。もしアノニマスの逆鱗に触れたら、SNSマフィアなんて正体を暴かれて、瞬殺されるかもしれない。あんな活動家みたいなハッカー集団にインフォーマが負けるんですか? オレはアノニマスよりも、インフォーマのほうが上だと思ってますよ」

木原の性格はわがままでとにかく自己中心的だ。そして誰よりも負けず嫌いなことはわかっている。この線で、あとひと押しするしかない。

「暴露系YouTubeにTwitterの無法地帯。このままだと、アノニマスにいいところだけ持ってかれるんじゃないんですか? インフォーマ的にそれって、どうなんですかね。本当は木原さんのほうが凄いのに……」

ホルモンばかり見ていた木原の視線がこちらに向くようになった。しかし、再び視線を外されてしまった。ダメだったか……。木原はジョッキを傾け、一気にビールを流し込む。

「ポンコツ、この件をオレが引き受けるかどうかはまだ先の話や」

そう言うと、内ポケットからパスポートを取り出し、ポンッと三島のほうに放り投げた。

「バンコクでお前が銃撃戦に巻き込まれたりしてんのを見るのも悪くない。長澤に電話せえ。オレの交通費、宿泊費、それに滞在にかかる費用も全部、編集部で持て。それとポンコツ、またオレの電話着信拒否してみ。死ぬまで尼崎でオレの運転手させるぞ、わかったの。おい、商談は仮成立や。ボサっとせんと、ホルモン焼かんかいっ」

「あっ、はい！」

もしかしたら、SNSマフィアよりも何よりも木原に関わるべきではなかったのかもしれない。三島はそう思わずにはいられなかった。

「それと、まだはっきりしたことはわからへんけど、案外、黒幕はバンコクにいてる日本人の悪党らと違って、日本におるかもしれんぞ」

木原はまるで独り言のようにつぶやくと、テーブルの上のiPhoneを取り出し、「おう、オレや」と誰かに電話をかけ始めていた――。

タイへと向かう日はすぐにやってきた。木原とともにタクシーで関西空港に行くと、三島は思わず腰を抜かしかけた。相撲取りのような体躯をした男がボストンバックをふたつ持ち、木原に駆け寄ってくると、深々とお辞儀をしたのだ。

「も、もしかして…キム……さん…」

二年前、木原と対峙した殺し屋集団の一人、あのキムに瓜ふたつではないか。あのときは殺しを無常の喜びとして、「キャハハ」と笑いながら襲い掛かる完全に常軌を逸した男だった。確かに、木原を前にかしこまる姿とは正反対ではある。しかし、その金髪といい、異様なまでに発達した上腕筋は二年前のキムそのものだ。どうなんているんだ……三島は混乱した。

「冗談はやめましょうよ、木原さん。よりによって、なんでキムさんが……」

二人ともそれには応えず、木原は巨漢に「おうっ」とうなずき、「バンコクは大麻吸えるくせに、電子タバコ吸われへんからの」と誰に言うでもなく呟いている。

三島には現状がさっぱりわからなかった。

そのときだった。二十代前半だろうか。カメラをぶら下げた綺麗な二重瞼をした女の子が駆け寄ってきた。

「木原さんに三島さんですよね！　長澤編集長からの依頼できました。フリーのカメラマンで、バンコクに同行させてもらうことになった広瀬すずといいます。宜しくお願いします！」

そう言うと、木原と三島に名刺を差し出してきた。

「長澤もオレをうまいこと巻き込もうとしよんの」

木原は名刺を受け取ると、困惑しっぱなしで呆けている三島の顔を見て、軽く口角を上げたのだった。

第2章

○鬼塚拓真

スラムにある食堂に天井はなく錆びついた鉄骨の梁が剥き出しになっていた。粗末な建物に観光客など寄りつくわけもない。そこに住む人々だって、食事時でなければ、めったに立ち入ることはなかった。だが、この日は客がいた。

料理が並べられた丸テーブルに男たちの一団が座っていたのだ。その中心にいるのはトムヤムクンをレンゲで流し込む鬼塚だった。備えつけられたＴＶにはタイ人歌手が古めかしい歌を唄う映像が流れていたが、大型扇風機の送風音が歌声のところどころを掻き消している。鬼塚が焼き上げられた豚のコームヤーンに手をつけると、開けっぱなしの出入口から、一人の日本人女性が入ってきた。

この女は鬼塚の秘書、もしくはボディガードのような役割をこなしていた。仲間内では「クロス」と呼ばれていたが、鬼塚が仕事を離れたときに「二階堂」とか「ふみ」と呼ぶのを誰もが聞いたことがあった。本名は二階堂ふみとわかっても、それが本名なのか、そして二人の関係はどういうものなのか、誰も聞き出そうとする者はいなかった。鬼塚を恐れてということもあるが、それ以上にクロスを恐れていた。二階堂は美しい顔には似合わない狂気を秘めているからだ。

鬼塚の横で荒々しく海老を頬張る男がクロスに席を空けようと立ち上がった。その男のこめかみに銃口を押し当てると、クロスはトリガーを引いた。派手な音を立てて床に倒れた男に対して、二度、三度と銃弾を撃ち込むと、男はもうピクリともしない。

男たちは食事の手を止め、茫然としているが、鬼塚だけは何事もなかったかのように、トムヤムクンのスープを吸いあげている。

「鬼塚、日本から週刊誌の記者たちがバンコクに入っているわ」

「目当ては？」

短く聞き返す鬼塚の声色には相変わらず乱れはない。

「日本でやらせている闇バイトよ。それを指示している場所がバンコクで、あなただってことがわかってるようね」

鬼塚の食事の手が一瞬、止まった。二階堂は床で絶命している男を一瞥して、こう続けた。

「こいつがその情報を流していたわ。というよりも、この男は向こうから、送り込まれていた犬だった」

床に転がっている男は特殊詐欺で日本を追われて、半年前にバンコクに逃亡し、鬼塚の部下になった人間だった。対面する前に、いつものように身体検査は済ませているはずだった。

「ほう、たかだか週刊誌風情が日本の警察よりも、優秀なことをやってのけたってことか」

二階堂はタバコに火をつけた。

「どうも裏で動き始めたのはインフォーマよ。こいつもインフォーマの一員として潜入してきていたみたい」

「インフォーマ……二年前に殺し屋どもと派手な戦争をやった、あいつらか。目的はなんだ？　まさか情報屋が正義のヒーローに鞍替えしたとでもいうのか？」

「わからないわ。ただガンジャを吸いに遊びに来たということではなさそうね」

鬼塚はナプキンで口を拭った。殺し屋どもを壊滅したからには、ただの情報屋ではないのだろう。だが、自分が作ったSNSマフィアは大丈夫だと確信している。

「戦争になりそうなのか？」

「記者が一人に女のカメラマンが一人。それに木原とかいうインフォーマのボスと大男の四人だけ。どう見ても、戦争を仕掛けるメンツではないわね。観光旅行気分で週刊誌のネタ探しに来た、そんなレベルじゃないかしら」

そのためだけに、鬼塚が結成したSNSマフィアにスパイを放つようなことをするだろうか。

「わかった。週刊誌の記者だけでもさらってこい。そいつに喋らせればわかるだろう」

それだけ告げると、鬼塚は立ち上がり、

「汗をかいた。シャワーでも浴びるか」

と、食堂から立ち去る。周りの男たちも慌てて、そのあとに従った。

○長澤まさみ

週刊タイムズ編集部にある複数のTVは、まるで同じチャンネルをつけているのではないかと思えるほど、各局のニュースは同じ内容を報じていた。

〈六本木・銀座・赤坂　高級腕時計店「同時多発襲撃事件」〉

同じ時刻に三カ所で、覆面をした三人組が高級腕時計店を襲い、白昼に堂々と金品を強奪したのだ。現場へと向かった記者を除いて、編集部中がＴＶの現場からの中継に釘付けになっていた。部員の多くはネタになりそうな事柄はないか目を皿にしていたのだが、記者の有村だけは違った。

「これもどうせＳＮＳで応募してきた闇バイトくんたちの仕事なんですかね。三島、無事に帰ってこれんのかな」

気怠そうに頬杖をつき、有村はテレビ画面を眺めている。

「お前な、その喋り方どうにかならないのか？　三島は仮にもお前の直属の上司だぞ」

呆れた声を出す箱崎は、同意を求めて編集長の長澤のほうを向いた。

「バンコクのデーモンからの指示だとすると、向こうでもしっかり巻き込まれて来てくれるでしょうね」

腕を組んでテレビを凝視している長澤の表情が、どこか笑みを浮かべているように見える。

「またまた何言ってんすか、編集長は。それが目的じゃないですか。そもそも三島は悪運を引き寄せる才能があるってんで、バンコク行かせたんでしょう。それに木原さんも。わざわざフリーで新米の広瀬まで同行させて……」

箱崎の声に、コクリと頷いてみせた長澤。

「三島はトラブルを呼び起こす天才よ。それに、なんだかんだ言いながら、常に戦場に身を置いていないと気がすまない、きぃちゃん。そんな二人が組んだら、どうなると思う？　化学反応が起きるのよ」

「三島、ドンマイ！」

箱崎も今度は有村を咎めようとはしない。そして、誰に話すでもなく、こう呟いた。

「今回も戦争になるかもな……」

編集部はいつもよりも慌ただしく時間が流れ始めていた。

○三島寛治

「おっしゃぁ！　微笑みの国、タイ・バンコクじゃっ！　おいっ、広瀬、オレの携帯で写真撮れ！　写真！」

ｉＰｈｏｎｅを広瀬に放り投げ、木原はホテル前で一人ポーズを決める。あれだけグズグズ言っていたクセに、すっかり観光気分で浮かれやがる。この男はいったい何を考えてるんだと思いつつ、空港からずっと無言の大男におそるおそる声をかけた。

「キムさん……ですよね？」

一瞬、木原が二年前に口にした言葉が三島の脳裏に甦る。

――オレに携わった人間は、すべてオレの密偵に仕立て上げることができんねん。

大男が表情を変えることなく顔を三島に向ける。

「キムじゃない。森田だ」

無愛想な声だが、その声も三島の知るキムのものだった。

「またまたキムさんですよね。ほら、二年前のあのときの……」

大男がまったく同じ声色で、まったく同じ言葉を続ける。

「キムじゃない。森田だ」

「あっ……そう、そうですか……」

三島もモゴモゴとしながら、口をつぐむしかなかった。

「あれっ、おかしいのぅ。あのボケ、全然連絡つかんやんけ。既読も付かへんし、通訳とガイドもさせるつもりやったのにな」

ｉＰｈｏｎｅを見ながらブツブツとつぶやく木原に、さっきまで写真を撮らされていた広瀬が声をかける。

「あの、木原さん。あたし編集長から現地での通訳とガイドもするようにと言われてるんです」

木原の表情がパッと明るくなった。三島もそれで納得がいった。なぜカメラマンに若い広瀬を派遣してきたのか。それは現地に詳しく、タイ語を操れるからだったのだ。

「よっしゃ。でかした広瀬。さすが長澤やの。なんの計算もなく、掛け声だけのどっかのヤツとは大違いや。のぉ、ポンコツ」

フン、この取材が終われば、また着信拒否にしてやる。それまでの辛抱だ。

「広瀬、ほんなら早速、カオサン通りに案内してくれ」

「わかりました！　この時間は少し混んでるので、バイタクでもいいですか？」

「おうっ、安くて早ければ、なんでもかまへん」

日本では考えられないほどの台数の車と小型バイクが所狭しと行き交っている。広瀬は小型バイクの前で気怠そうにたむろしているタイ人たちの元に歩みよって、何やら交渉を始めた。数分もしないウチに笑顔を作り、こちらに親指を立ててサインを送ってきた。

広瀬が先頭の小型バイクの後部席に座り、木原、森田と続く。三島は一人だけ、ずっとフルフェイスをかぶっている細身の運転手の後ろに跨った。

「安全運転で宜しくお願いっ……」

挨拶を最後まで言うヒマもないほど、次々と小型バイクは急発進していく。三島も慌てて運転手の腰に抱きついた。

あれっ、この運転手、女性か……身体が妙に柔らかい。そう感じたときだった。前方を走る三台の小型バイクが対向車をかわすように右折すると、三島の乗る小型バイクだけが直進していく。

「あれっ！　ねえ！　運転手さんって、日本語通じねえか」

「死にたくなければ、静かにしてな」

熱気がまとわりつく向かい風の中で、運転手の声は確かにそう聞こえた。やはり女の声だった。

「ええっ！　うそっ！」

三島の声が行き交う大量の車やバイクの喧騒に、かき消されていく。


どこをどう走って、ここに辿り着いたのか。「黙ってついておいで」と言われて、フルフェイスの女の後ろを歩いている。逃げ出そうと思えば、振り向いて走り出すことはできる。でも、どこに逃げればいいのか。初めてきた国で地図も持っていない。いや、こんなバラックのような建物が並ぶ集落は地図には載っていないだろう。すると、女は一軒のボロボロの民家の中へと入っていく。

「あの～オレは、全然金とか持ってなくて、強盗だったら、さっき偉そうにしてたヤツいるじゃないですか。で、でかくないほうの！　あいつ、マフィアのボスなんで大金持ちっすよ……」

女はこちらを見ることもなかった。意を決して三島は朽ち果てた民家に入る。そこで言葉を失った。おそらく日本人だ。七、八人の男たちが、中央に陣を張って座る優男を囲むようにして、三島に銃口を向けているのだ。その光景はまるでタイムリープだ。この非現実的な光景は二年前と同じではないか。本当に木原と関わるとロクなことがない。恐怖で表情は引きつっていたが、三島は心の中で存分に木原を罵った。

フルフェイスの女が優男の前に立つと、かぶっていたフルフェイスを脱ぎながら、「鬼塚、連れてきたわよ」と髪をかきあげ、ツナギになった服を脱ぎ始める。ショートパンツからは場違いのような細い足がのぞき、三島に振り返った顔は、飛び上がるほどの美人だった。

「おう、兄ちゃん、インディー・トーンラップ（ようこそ）。週刊誌の記者風情がオレらになんのようだ？」

優男は三島が週刊誌の記者であることを知っていた。異国の地でいったい何が起ころうとしているのか。足元から得体の知れない恐怖が、ものすごい勢いでせりあがり、身体中に伝播する。

その瞬間だった。外からドンという激しい音、いや鼓膜が痛くなるほど衝撃波が届いたかと思うと、先ほどまで三島に銃口を向けていた男の一人が吹き飛んでいた。フルフェイスをかぶっていた女が、女狐のような素早さで鬼塚の前に立ちふさがり、音がした方向に向けて、マシンガンを乱射させたのだった。

第3章

○三島寛治

　バラック小屋の室内のあちこちから火花が飛び散り、ドンッ、ドンッと重厚な音が三島の耳をつんざく。本能的に伏せたものの、目の前で繰り広げられている光景はにわかには現実と思えなかった。バラック小屋の男たちは次々になぎ倒され、女狐のような女が、優男の前に立ちはだかり、マシンガンから銃弾をバラ撒くように乱射している。

「ひぇっ！　なんでいつも木原と関わるとこんなことばっかり起こんだよっ！」

　銃撃戦が繰り広げられる中、両耳を覆いかぶすようにしながら、三島は膝をついた。このまま伏せていては、よくて重体、最悪で死亡である。意を決した三島はバラック小屋の入り口へと猛ダッシュで駆けていった。

「待てっ！」

　逃げる三島の背後から、優男の声が追いかけてきたが、待つわけがない。バラック小屋の外へと飛び出した。だが、状況が好転することはなかった。中と同じように何人かの男が拳銃を手に持ったまま転がっていた。

　二年前の殺し屋集団との戦争を凌駕する光景だった。闇バイトどころの騒ぎではない。これは、ただの殺し合いだ。三島はすくむ足を叱咤激励させながら駆け抜ける。より遠くへ逃げなくては……。ところが、バラック小屋に向かって、拳銃を撃ち込んでいた男が三島に気づいた。

「おいっ！　一人逃げたぞ！」

　叫んだ男が三島を背後から追ってきた。当然ながら、発砲してくる。

「なんでやねんっ！」

　逃げる三島の足元を銃弾が跳ねた。

「ひゃああっ！」

　入り組んでいる集落を抜けて、露店が並ぶストリートに出たときに視界が揺れた。足に激痛が走り、追いかけてきた男が視界にズームアップされる。転んでしまったのだ。

　擦りむいた膝を抱えながら、木原めっ！　長澤のクソババア！　箱崎の唐変木！　瞬時に三人を心の中で毒づいてみたが、追いかけてきた男は足を止め、三島に向けて拳銃を構えるのがスローモーションのように見えた。

　その瞬間、男が横からものすごい勢いで突っ込んできた車に吹き飛ばされた。助かったのか……。目の前で起きた光景に言葉を失い、もう立ち上がることすらできなかった。

男を吹き飛ばした車は、土で汚れた古い日本製だった。運転席の窓がゆっくりと降ろされる。

「おい、二年前の借り、返したぞ」

感情の起伏がないゆっくりした声にも、運転席に座る男の横顔にも見覚えがあった。いや忘れるはずがない。

冴木だ。あの冴木亮平に間違いない。車は何事もなかったように、屋台が並ぶストリートを走り去っていった。


コンビニでお茶を買い、口に含むと日本茶より甘味がかなりきいていた。お茶の味に少しの違和感を覚えながら、渇き切った喉を潤した。そこで、初めて三島は奇跡的に無事でいることを確認できた。

何が起きたのかを整理しなくてはならない。なぜ自分が週刊誌の記者だと、あの優男は知っていたのか。そもそも、なぜ自分が女狐のような女に誘拐されなければならなかったのか。銃撃してきた連中は何者だったのか。そして、窮地から救ってくれたのが、あの冴木だった。なぜ、二年前に対峙した殺し屋集団の頭目がオレを助けてくれたのか、そして「借りは返した」と言っていたが、いったい……とてもじゃないが突然、自分の身に降りかかってきた現実が非現実的すぎて、受け入れることなんてできやしない。

こんがらがる思考を整理しようとしていると割って入ってきたのは、聞き覚えのある関西弁だった。

「おい、ポンコツ。見てみ、これ！　トゥクトゥクじゃぁ」

屋根付きのカラフルな三輪自動車がこちらに向かって走ってくる。運転席にはキムと瓜ふたつの森田、後部座席に広瀬と悪の元凶である木原がいた。嬉しそうにニヤけヅラして手を振ってやがる。その顔を見て、三島の怒りは沸点に到達したのだった。

「お前はほんまポンコツやの。普通おらんど、微笑みの国まで取材しにきて、迷子なってる記者なんて。それで、喉が渇いたから、コンビニでタイの甘めのお茶買うって、お前は観光客かい。ほんまお前は呑気でええの。オレは迷子になったお前を迎えに来た、お前のお父さんとちゃうど。ボサっとせんと、はよ、トゥクトゥクに乗らんかい」

女狐はなんでこの男を誘拐しなかったのか、と悔やまずにはいられなかった。

「ちょっと何、言ってんすかっ！　木原さん！　今、オレ殺されかけたんですよ！　それで必死に逃げてきて、間一髪のところで冴木に……あの冴木に助けられたんすよ！」

木原のニヤけた表情がサッと消え去り、目を細めた。

「お前……もしかして、迷子なったフリして、大麻吸いに行ってたんやないやろうな」

空いた口が塞がらなかった。この男はバカなのだろうか。完全に錆びついていやがる。

怒りを通り越して、クラクラするような眩暈《めまい》を覚えずにはいられなかった。

〇鬼塚拓真

ガラステーブルの上にはグラインダーで細く刻んだ乾燥大麻が置かれたプラスチック製のボンがあった。そこから指で摘み上げ、V字に折り込んだ巻き紙の上に丁寧に敷いていく。指先で平らに整え、フィルターをのせて包みこむ。巻き紙の端を舌で舐め上げる。

「バラックノシタイハゼンブカタヅケタ。ヤハリ、モンスターノシワザナノカ？　イクラココガ、カネデナントデモナルクニトハイエ、コレイジョウノシタイハコマルネ」

作り上げたジョイントを吸い込み続けると、咳が口元から飛び出し、視界が明るく広がっていく。この豪邸はバンコク郊外にあり、掃き出し窓の向こうには森と見紛うほどの庭が広がっている、そして、目の前に座るタイの警察官。こいつは日本のヤクザよりもタチが悪い。高揚した気分になり始めた鬼塚はボストンバックから、パーツ札を鷲掴み目の前の警察官に向けて、乱雑に放り投げた。警察官の頬が垂れ下がる。

「なんで、りゅうのすけ……、モンスターがあの隠れ家を知ってんだ？　あそこはお前がオレから高い金をとって昨日からアジトに使い始めた場所だよな？」

警察官の男が怪訝そうに、かつ胡散臭い表情を作った。日本から来た週刊誌の記者にインフォーマ、謀叛を起こしたモンスター、今の鬼塚にはどうでもいいことだった。ただ、大切なのは鬼塚が作り上げたＳＮＳマフィアの掟、裏切りは血を持って償わなければならないということだけ。たとえ､それが原地の実権を牛耳る当局の人間であったとしてもだ。

「ダレカガマタウラギッタノデハナイカ」

含んだような言い回しをするとき、薄汚い人間の表情だけは万国共通している。音を立てずに、開けっぱなしされていたドアから二階堂が姿を見せた。

「鬼塚、やっぱりコイツに間違いないわ。コイツがモンスターに依頼されて、あそこであんたを殺すために用意した隠れ家だったわよ」

二階堂の声に振り返り、鬼塚が警察官の前に向き直ると、すでに薄汚い表情から、先までの含み笑いは消えていた。

鬼塚はそいつの額に腰から抜き去った拳銃をピタリと合わせた。驚愕した表情で男が腰を上げかける。

「オマエハ、クルッテイル！　オマエニハダレモ……」

脇役が遺言なんて残す必要はない。

「ハッハハッ、サワディ（さようなら）」

男は手に持ったパーツを撒き散らしながら、後方へと吹き飛ぶ。再び腰に拳銃を差し込むと、流しっぱなしにしてあったテレビがタイ語で何かがなり立てていた。

そこに映し出されているのは、以前、日本で指名手配されたときに公開された鬼塚の顔写真だった。

「えらく手回しが良いようね。日本の警察が、あんたを国際指名手配にしたわ。これもモンスターの仕業ってわけね。で、どうすんの、鬼塚。ドバイならすぐに入国できる手筈は整えてあるわよ」

鬼塚が火の消えたジョイントにジッポを擦り、吸いつけた。悪くはない気分だった。

「その前にやることができた。日本に行く。ＳＮＳマフィアの掟だ。モンスターには血で償わせなければならない。それが終われば、ドバイにお前と一緒に行くのも悪くはない」

二階堂の表情が明るくなった。こいつだけだ。こいつだけは信用できる。こいつがいれば、ドバイに集まっている金持ちたちの頂点に君臨するのも難しいことではないだろう。兵隊はいくらでもいる。システムは同じだ。ただ、ＳＮＳで闇バイトを募ればいいだけだ。金持ちの弱味を握れば、暴露するぞとＳＮＳを使ってタカリをかけ、そいつらが次第に鬼塚の手によって、ＳＮＳマフィアと化していくだけのこと。

そこまでで鬼塚は思考を停止させた。そして、ジョイントを深く吸い込んだのだった。

◯三島寛治

「えっ！　ビ、ビッグニュースじゃないですかあっ！　三島さん！　写真！　写真を撮ってないんですかぁ！」

寒いくらい冷房がきいた食堂に広瀬の声が響き渡る。その横で、「ちょっと水っぽい。味が薄いのぉっ」と木原は言いながら、乾麺をすくいあげ、ｉＰｈｏｎｅに視線を落として、左手の親指を素早いスピードで動かしている。

「あのね、広瀬ちゃん。東京でカメラマンなんてやってても、殺されかけたことなんてないでしょう。オレはこう見えて、修羅場を潜ってきてるから慣れてるけどね、マジで銃撃戦の最中に写真なんて、アチッ！」

熱々の唐辛子が三島の頬に投げつけられた。

「もうっ！　木原さん！　それは尼崎の定番のヤツでしょう。何もタイに来てまで、やらなくても……」

おしぼりを汚れた頬にあてながら、まとわりついた油を拭う。

「でも、木原さん！　銃撃戦ってビッグニュースじゃないですかっ！　ＳＮＳマフィアどころじゃないですよ！　長澤編集長にＬＩＮＥ電話しないと」

豚の血で作られたナムトックをレンゲで飲み干しながら、木原が広瀬を制した。

「広瀬、よう聞け。カメラマンも記者も興奮すんな。まだ早い。こいつの言うことが億に一つ、ほんまやったとして、もしも写真を撮れてたとしても、誰が証言できんねん。記事化すんのには今の時代、写真だけじゃどうにもならん。関係者の証言はもちろん法務案件なったときのために、より真実性が問われるわけや。部数を稼ぎたいからいうて、それを見誤ったら、必ずコケる。週刊誌はなんでも無責任な憶測で配信してええ、暴露系のＹｏ ｕＴｕｂｅｒごときとはワケが違うんや。それに、お前、今の三島の話を信用しきれるか？」

割り箸の先端を刺さんばかりにこちらに向けながら、木原は三島の顔を胡散臭そうに見ている。どうか、あの優男と女狐に撃ち殺されてくれないだろうか。

「まったく、その通りです！」

大きな二重瞼に力を込めて、広瀬は三島を否定してくる。何が、「ビッグニュースじゃないですかあっ！」だよ。顔が可愛いからといって、こんな意見をコロコロ変えるヤツに、実話誌のカメラマンなんてつとまるわけがない。

「カメラマンも記者も訂正が一番恥やねんぞ。そこだけは絶対に忘れるなよ」

木原はそこまで言うと、箸を置き、口をおしぼりで拭った。そして、シンハービールを瓶ごと傾けて、喉を鳴らし始めた。確かに、週刊誌の訂正は、たとえ三行や四行であったとしても、世間が考えているより、ダメージは大きい。信用性の問題になってくるだけでなく、記者にとってもカメラマンにとっても恥になるのは本当のことだ。

「訂正を出せ！」と言われて、「はい、そうですか」と従っていれば、週刊誌だけでなく新聞やテレビ、ネット媒体でも信用されなくなってしまう。

「勉強になります！」

ノートを広げて、広瀬はメモを取り始めていた。その姿を見て、「先輩！　勉強なるっす！」と言いながら、メモを広げる有村を思い出した。どこで教育を間違ったのかと考えていると、木原の声が現実へと引きもどしてくる。

「それになんで、あの冴木がバンコクにおって、お前みたいなポンコツを助けんねん。そもそもアイツにお前は何も貸してなんてないやんけ。ふんっ、ウソつくならもうちょっと、遠慮くらいはしたらんかいっ」

長澤に命令されようが、箱崎になんて言われようが、木原とはもう二度とタッグを組まないと、かたく誓ったときだった。

入店してきた美男美女を見て、腰を抜かしかけた。

「き、木原さん！　あ、あいつらっす！」

木原がiPhoneに眼を落として、席に着いた二人を見比べている。

「間違いないの。あの兄ちゃん、今日、ICPOを通じて、国際指名手配されとるやんけ」

木原の声に黙々とチキンガイヤーンを頬張っていた巨漢の森田が立ち上がった。それに気づいた三島を誘拐した女が、サッと鬼塚の前に立ちはだかる。

「よう、兄ちゃん。闇バイトも仲間割れして大変そうやの。SNSマフィアのボスはあれかい、人手不足で、女を盾に使うんかいっ。斬新やの」

優男の前に立ちはだかった女狐が、木原を見て、優男に何かを耳打ちしてみせた。

「ほう、お前がインディアンか。喜べ、お前がネズミみたいに潜入させてきたドチンピラは、血を持って償わさせてやったぞ」

優男が言い終わるか終わらないうちに、木原は丸テーブルを派手な音を立てて、ひっくり返し、優男めがけて走り出していた。

「ボケがっ！　誰がインディアンじゃっ！　インフォーマじゃっ！」

優男も腰からサバイバルナイフを抜いたかと思うと、素早く身構えて見せたのだ。

第4章

◯高野龍之介

おぼろげな記憶がまた脳裏に甦る。

河村と堂々した文字で書かれた表札、その奥には人が羨むような大邸宅が建っていた。あれは、確か三歳のときのクリスマスだった。帰宅した父が抱いてきたプレゼントはシーズーの子犬で、長男の恭介が「ピンキー」と名付けた。双子の兄、愛之介は「ピンキー、ピンキー！」とはしゃいで子犬を抱きかかえ、母親に「もう、ピンキーが怖がるでしょう」と笑いながら、嗜められていた。家族の中で、自分は長男のように積極的に思いを言葉にすることも、愛之介のように屈託なく感情を表に出すこともできなかった。

引っ込み思案と言われれば、それまでだが、そうした光景を眺めているのが好きだったのだ。永遠なんて言葉の意味はまだ知らなかったが、このまま兄たちに守られながら、大人になるだろうと思っていた。それが自分にとって、最良の幸せであると確信していた。

悲劇の足跡は、すぐそこまで迫っていたというのに……。

一週間後の大晦日、母と兄二人とともに帰宅すると、家の中が妙に静まり返り、無性に嫌な予感がしたのをはっきりと覚えている。

　あとの記憶は断片的にしか残っていない。愛之介が大声で「パパ！」と叫んでも返事が返ってこなかったこと。そして、恭介が父の書斎の扉を開けて、何かを言ったかと思うと、母に「見ちゃダメッ！」と覆い被されたこと。母の腕の隙間から、父が天井から吊らされるように揺れていたこと。そして、今もピンキーの「ク〜ン、ク〜ン」という鳴き声だけは耳に残っている。

　それ以来、兄二人との記憶はない。母方の親戚に自分だけが預けられたからだ。兄たちが施設に送られたとわかったのは、いつだっただろうか。父が事業に失敗し、母は失踪した。絵に描いたように裕福な暮らしから、奈落の底へと突き落とされたとわかったのも、だいぶ成長してからのことだった。養子に入った高野家では、父のことも母のことも触れるのはタブーだった。話題に上がれば、自分の両親を罵られるのがオチだったからだ。

　兄二人に会えることができれば、また最良の幸せを感じることができるのではないか。そう思っていたのに……。

「本当に、河村の兄貴の仇を討つためですよね……」

目の前の室田は困惑した表情を浮かべていた。もともと河村恭介の若い衆だった。いや、このアホ面は、ただのチンピラだろう。

「そうだよ。ぼくは河村恭介くんと愛之介くんの事件を迷宮入りさせては、二人が報われないと思ってるんだ。犯人はまだ生きている。この手でぼくが検挙して、法の捌きを受けさせてみせる。だから君は今まで通り、木原くんの動きを知らせてくれたらいいんだ。彼が事件の鍵を握る重要人物なんだ」

インフォーマ、汚らわしい名前だ。その集団を引き連れている木原慶次郎、この男に関わったせいで兄二人は命を落としたのだ。

「また何かわかったら、いつもの番号のほうに知らせてほしい。じゃ、頼んだよ」

室田はコクリと頷き、貸し切りにしていたクラブをあとにした。テーブルの上に置いていたｉＰｈｏｎｅが振動する。ディスプレイに浮かび上がったのは「丸山警部補」の文字だった。

——警視殿、お疲れ様です。携帯電話の分析結果から推測すると、銀座、六本木、赤坂の高級腕時計店が同時に襲われた件は、鬼塚ことデーモンに間違いないようです！

「丸山さん。ご苦労様です。了解しました。鬼塚拓真の国際指名手配の手続きに入りますので、丸山さんは引き続き、実行犯の解明を進めてください」

――はっ！　かしこまりました！

通話終了のボタンをタップすると、今度は胸ポケットに入れていた別のｉＰｈｏｎｅが振動する。

「どうした？」

龍之介は先ほどとは、まったく異なる声色で話し出した。

――すいません！　モンスター。デーモン襲撃に失敗しました！　申し訳ありません！

「あっ！　テメーは舐めてんのか！　で、インフォーマとかいう情報屋やクロス、二階堂のバカ女にも、お前らは終わりだとわからせたんだろうな！」

――はい！　そこは全部、モンスターに言われた通りに知らせてあります！　ただ、デーモンがクロスを連れて、日本にやってくるつもりです。モンスターに血の償いをさせると……。

龍之介が声色はより怒気をはらんでいった。

「なんだ、上等だよ！　かかってこいよっ！　ＳＮＳマフィアはオレが頭なんだよ！　テメーらはバンコクからＴｗｉｔｔｅｒで闇バイトを募って、強盗でも強殺でも指示を出しておけばいいんだ。全部、デーモンの仕業にしてやるからよ！　リストはこっちで送ってやるから、手を抜くんじゃないぞ」

電話を切ると、表情を再び警察官のそれに戻して、緩んでいたネクタイを締めた。そして、目の前のバカラグラスにアルコールを注ぎ、一気に流しこんだ。

兄たちの仇は、必ず自分の手でとってみせる。それを成し遂げれば、表も裏も支配するのはこの自分だ。デーモンなんて、木原を殺るためだけのただの捨て駒にすぎない。

復讐のために、キャリア組のエリート警察官僚という地位を投げ捨て、その職業を偽りの仮面として利用してきた。いや、最初から正義感が強く、警視庁本部でも部下に慕われる人望の熱い警視を演じてきただけなのかもしれない。自分が裏ではモンスターと呼ばれるSNSマフィアを支配する男であることは、誰にもバレていない。たとえ、裏の顔が知れたところで、世間の反応などどうでもいい。世の中は不条理で作られているんだから、自分が世間に教えてやるだけだ。不条理の世の中に鉄槌を……。おかしくて、笑みがこぼれてくる。

○室田マサ

東京に戻ってからというもの、六車連合会の事務所はもちろん六本木のキャバクラ店、歌舞伎町ですれ違った黒服にまで場所も相手もかまわず、ボス＝木原の言いつけの通りに、室田は木原のことを罵り続けていた。ただ、この日ばかりは相手が相手だけに、普段よりも語気が強くなっていた。

「やってらんねえぜっ！　もうオレはコリゴリだね。いくら河村の兄貴や愛之介の兄貴分だかなんだか知らねえけど、なんでオレが若い衆みたいに木原に仕えなければなんねえんだよ。オレは六車、六車連合会の人間だぜっ」

「まあ、そう言うなって。あの人は特別なんだからさ。オレたちにはわからないようなスゲェ人なんだよ。じゃなきゃ、あの河村の兄貴や、利かん気の強い愛之介が兄貴と慕うと思うか。なっ、よく考えてみろって」

六車連合会の行きつけの居酒屋の座敷で室田はクズオと向かい合っていた。アジフライを頬張りながら、麦焼酎の杯を重ねなければ、思ってもいない木原への文句など言えない。なんせ河村恭介というカリスマ亡きあと、六車連合会を束ねていたのはクズオなのだから……。もちろん、現在の六車連合会は従来のヤクザ組織のような形態とは違ってきている。

あくまで横一列なのだ。上部組織を持たず、河村恭介と愛之介が作り上げた組織をクズオを中心としたメンバーで守り抜いているというのが実状だ。その意味で、クズオとは言いたいことを言い合える間柄だった。だからこそ、クズオには正直に木原に言われたことを伝えたかった。だが、ボスの言葉が室田の脳裏をかすめる。

――敵を欺くには、まず味方からや。そこから敵を炙り出すんや。何かが蠢《うごめ》いてるんやったら、敵はおのずと姿を見せてきよる。だからこそ、徹底して演じ切れ！

もしも恭介が生きていれば、なんと言っただろうか。間違いなく、室田が木原のことを愚痴れば、あの性格だ、ブン殴られていただろう。室田は込み上げる感情を抑えながら、麦焼酎のロックを一気に流し込んだ。

「うるせえよっ！　だったら、テメーが木原の世話でもしてこいよ！　だいたいテメーは何様なんだ！　六車の頭にでもなった気でいやがんのか！」

「んだとこらっ！　テメーがメソメソと女の腐ったようなこと抜かしてるから、わざわざ付き合ってやってんだろうが！　気にいらねえなら、バックれてこねえで、直接、木原さんに言ってこいよ！」

言えるわけないだろうが、あの人は鬼だぞ、鬼、と内心で思いながらも、徹底して演じ切らなくてはならない。室田は立ち上がった。

「ゴチャゴチャ言ってんじゃねえよ、この野郎！　テメーもいい加減にしねえとやっちまうぞ！」

クズオがサッと立ち上がり、目つきを変えた。

「マサ、テメー。今なんつった？　あっ？　テメーがオレをやんのか」

手には引き抜かれた特殊警棒があった。室田は心の中で「ボス、これでいいのか！」と絶叫しながら、生唾を呑み込んだ。確かに、クズオは六車連合会の組長でもなければ、トップというわけでもない。なのに、クズオが河村恭介亡きあと、六車連合会をまとめあげて、地場のヤクザ組織である二代目滝澤組にも引けを取らずに、なぜ存続できているかといえば、その狂気にあった。ブチギレたときのクズオは見境なく目を血走らせ、容赦なく武器を抜いた。盃のない横並びの組織だといっても、仲良しクラブではない。六車連合会はれっきとした裏街道に生きる組織だ。最後にものをいうのは、暴力に他ならない。

「ちょっとクズオさん！　こんなところで困りますって！　何やってんすか！」

カウンターから店主が走ってくるのがもう少し遅ければ、クズオが抜いた特殊警棒が室田の後頭部に振り下ろされていたかもしれない。

「ちっ！　すぐにカッカと頭に血をのぼらせて、仲間に対しても道具を抜くようなヤツと一緒に酒なんか飲んでられっかよ！」

「んだとっ！　テメーどこに行くんだ！」

「クズオさん！　本当に他のお客さんもいるんで困りますって！」

店長、しっかりと押さえつけておいてくれよと祈る気持ちで、室田は足早に居酒屋をあとにした。

「本当にこんなんで何がわかんのかな。まいったよ。クズオまで怒らせちまったし。実は全部、芝居なんだよって言えば、今度はボスにドヤされちまうだろうし、どうすりゃいいんだよ」

暗がりの中で、ボソボソとつぶやく巨体に声をかける男がいた。

「あの、室田さんですよね？」

声の方向に振り返った室田の視線の先には、高級そうなスーツに身を包んだ若い男が、底抜けに無垢な笑顔を浮かべていた。その屈託のない人懐っこそうな笑顔に一瞬、ゾッとせずにはいられなかった。間違いない。木原に命じられ、偵察に行った「わナンバー」の男だ。木原の言う通り、本当に得体の知れない敵が姿を現してきたのではないか。室田はゴクリと生唾を飲み込みながら応えた。

「なんだよっ。だったらどうだってんだよっ。今日のオレはちょっとばかし気が立ってるから、言葉選んで、その口開けよ。じゃないと、兄ちゃん、火傷するよ」

「もしよかったら、近くの静かなクラブで飲み直さないですか。河村恭介くんと愛之介くんのことについて、お伝えしたいことがあるんですよ。失礼、僕は警視庁捜査二課で理事官をやっている高野龍之介と言います。二人の死について、ぼくはまだ捜査は終わったわけじゃないと考えてるんです」

「へっ？　兄貴たちが殺されたことについて……」

室田は一気に酔いがさめていくのを感じていた。

○長澤まさみ

――全国の匿名さん、こんばんは。深夜の放送部ことたっくーです！

今度は六本木、銀座、赤坂の同時多発強盗で、なんとなんと逮捕されたのは、16歳を含む未成年ときました！　ヤバくないっすかっ！　全員、未成年ですよ。で、実は匿名の関係者から届けられたDMによれば、これまたなんと、今、話題のバンコクを拠点にした秘密組織、ＳＮＳマフィアのナンバー2が謀叛を起こし、大変なことになってるっていうんですよ！　なんかバンコクの皆さんすいませんって。なんでオレが謝ってんねん！

編集長席に座る長澤まさみが、ｉＰｈｏｎｅで観ていたＹｏｕＴｕｂｅを下からスクロールして、映像を遮断した。

「ちょっと、ハコさん！」

編集長席のすぐ近くで原稿を打っている箱崎に声をかけた。キーボードを叩いていた手を止めて箱崎は腰を上げる。

「どうしたんすか？」

長澤が静止したばかりのＹｏｕＴｕｂｅを再び開き、箱崎にｉＰｈｏｎｅを手渡す。

「このＹｏｕＴｕｂｅｒって、えらく詳しいと思わない？」

箱崎は手渡されたｉＰｈｏｎｅに映し出されチャンネルに目を落とす。

「あ、このＹｏｕＴｕｂｅｒ、木原さんの知り合いで、インフォーマの一人みたいですよ。今回のＳＮＳマフィアの事件の裏側を伝えて、木原さんが配信させてるんですよ。えっ？

編集長、知らなかったんでしたっけ。万が一のときのためにＹｏｕＴｕｂｅｒを使って保険かけてるんですよ」

　長澤が驚いた表情を作った。

「まったく知らない。きぃちゃんって、どれだけ人脈があんの？」

「さあ、でも、インフォーマって、たぶん想像してるよりも、はるかにでかい規模感なのは間違いないんじゃないですか。中学生なんかにもインフォーマはいるって聞いたことありますし」

　長澤がすっとんきょうな声を上げた。

「中学生？　そんな子たちとどうやって知り合うのよ？」

「本人は人徳だって言ってましたけど……」

　苦笑いを浮かべる長澤に、箱崎は話を続けた。

「木原さんがバンコクに行く前、オレ、焼肉に誘われたんですよ」

「本当にきぃちゃんは焼肉好きね。ロクに肉を食べないくせに」

「そのとき、いつになくひどく酔った木原さんが妙なことを言いだしたんですよ。『箱崎、こんな商売してると、知らん間に誤解されることもあるやろう』って。編集長ならわかるでしょうけど、話題になる記事を書けば、その一方で恨まれたりすることはありますからね。そういうもんでしょうなんて相槌を打っていたんですが、なんだか木原さんらしくないと思いませんか？」

長澤はどう返答すべきか迷った。それを察したのか、箱崎は話を続けた。

「ホルモンの焼け具合を気にしながら、木原さんはいつになく浮かない表情を浮かべて、河村恭介・愛之介兄弟の話を始めたんです。しかも、『あいつら二人はオレとおんなじ施設で育ってんけどな、愛之介には養子に出された双子の弟がいとんねん』って言うんですよ」

「えっ、双子だったの？」

「木原さんが言うにはですよ。でも、木原さんの情報網って、間違いなく日本イチだから、聞かなくてもいいことまで耳に入って来ちゃうんじゃないですか。それで、木原さんは『オレも会ったことはないし、どこで何をしてるか知らんけどな。たまに思うねん。そういうヤツらが、オレを恨んだりすることもあるんちゃうかってな』と続けたんです。それは冴木らの仕業だから気に病む必要はないとは話したんですけどね。今回、木原さんがバンコク行きに乗り気じゃなかったこと覚えてます？　あれって、けっこう本気で、焼肉屋での会話が何か関係があるんじゃないかって……」

　長澤は今さらながら不安を覚えた。

「バンコクの三島、大丈夫かしら……。というか、あれっ？　有村は？　今日、入稿なのに大丈夫なの、原稿」

「大丈夫じゃないですよ。あいつの分まで、オレが原稿を書いてるんですから。ほら、千葉県警から警視庁にやってきた超エリートの警視の高野、あれに気に入られて、顔をほの字にして、取材に行ってますよ、あのバカ！」

「すっごいイケメンだもんね。性格も良いし。じゃあ仕方ないわね。キャリアの警視に気に入られるのは、ネタ元にしては最高だからね。丸さんクラスと違って」

　いたずらっ子のように笑う長澤を箱崎が「編集長、怒られますよ」と言いながらも笑みを浮かべていた。

○高野龍之介

「突然、申し訳ない。君にちょっと相談があって……」

高級レストランで向かい合う有村は、高野の言葉に顔を高揚させている。

「はいっ！　なんでも言ってください！　アタシこう見えて、週刊タイムズじゃ、実は長澤より力持ってるんですっ」

高野がクスリと笑って、「実はねー」と甘い声で相談事を続けた。

「木原慶次郎って知ってるよね？　あの情報屋の……」

「はい！　ＬＩＮＥ繋げましょうか？　アイツ、ああ見えて結構使えるんですよ」

「いや、ＬＩＮＥは大丈夫。でも、有村さんを信頼して、お願いしたいことがあって」

「まさかあの野蛮人がなんかやったんですか？」

高野が思案顔を作ると、ますます有村はまっすぐに見つめてきた。

「彼を呼び出してもらえないかな。有村さんのその美貌なら、木原も飛んでくるんじゃないかと思って」

そう言うと、目の前に注がれた赤ワインに高野は手をつけた。この手の女は容姿を誉めてやれば、すぐに舞い上がって、詳しい話を聞かずに調子に乗ってくる。特に、自分のような男にかかれば、なおのことだ。

「キャッ！　美貌って、やっぱ警視になると、見る目が違うー。もちろんすぐにあたしの美貌で木原を呼び出しますっ。アイツもどうせあたしに気があるから、バンコクから帰国すれば、もうダッシュでやってきますよ！」

バカと女は使いようだ。高野は満足な笑みを浮かべ、「さあ、食べよう。ここのサーロインは有村さんの口にきっと合うはずだ」と言いながら、フォークとナイフに手を伸ばした。

木原のことは徹底的に調べ尽くしている。木原と接触する者は、確かに木原に惹かれている。だが、それはただのまやかしでしかない。悪党はどこまで行っても、悪党にすぎないのだ。それに比べて自分は違う。社会的地位を得るために、死に物狂いで勉学に励み、そして身体を鍛えた。木原のような口先だけの人種とはわけが違うのだ。その気になれば、インフォーマとかいう集団以上の組織だって作れるだろう。実際にＳＮＳマフィアを見れば、わかるはずだ。だが、それとて低脳の集まりだ。しょせんは、駒にしかすぎない。

高野は笑みを浮かべながら、サーロインにナイフを入れた。

○三島寛治

優男の後頭部めがけて、木原がシンハーの瓶を振り下ろす。それを鬼塚がサバイバルナイフで一閃、ガシャンという音と共にシンハーの瓶が飛び散り、ガラス片が木原の目をかすめる。その一瞬の隙に、女狐のハイキックが顔面を捉えて、木原が後方へとよろめいた。すかさず鬼塚はサバイバルナイフの刃先を木原の顔面へと一直線に突きつける。刺さりかけようかとする瞬間、森田の剛腕が唸りをあげて優男を吹き飛ばした。ほんの一瞬の出来事だった。三島は足がすくんで動くことができずにいた。

吹き飛んだ優男に、森田がタックルの体勢を取って突進して行こうとしたとき、女狐が森田に抱きつくように絡みついたかと思うと、か細い手が森田の太い首に巻きついた。

「キム……いや！　森田っ！」

木原の叫ぶ声に、三島がやっと反応してみせた。「キム？」と内心で思ったものの、体は思うように動いてくれない。

森田の巨体がストンと崩れ落ち、女狐が拳銃を木原に向けた。三島は「木原さんっ！」と叫びたいが、恐怖による体の強張りは変わらず、喉から声が吐き出すことができない。もうダメだ……三島は目を瞑った。

すると、ガシャーンと何かが割れたような派手な音が響き渡る。そこで三島は我に返り、再び目を開いた。女狐が放った銃弾が天井へとのめり込んでいた。

「あ、あたしだって！　戦えるんだからね！」

そこには、ガクガクと震える広瀬がいた。その手には、さっきまで木原が食べていた粉々になったナムトックの鉢の一部が握られている。どうやら、広瀬が鉢を振り回して、銃口の方角を変えたらしい。ここで三島も勇気を振り絞ることができた。

「ハッハッハッハ、おもしろい」

優男が気でも違えたかのような笑い声を上げて、拳銃を抜いたと同時に引き金に指をかけた。三島が「うわあああああっ！」と叫びながら、広瀬に飛びついた。瞬間、三島の肩に激痛が走った。銃弾が耳の横を通り、鼓膜をつんざいた。

「インフォーマなんて全然、大したことないな。やはり、ただの都市伝説だったというわけか！　ハッハハハハハ！」

優男と女狐が拳銃を構えたそのとき、けたたましいほどのサイレンが鳴り、一台のパトカーが食堂の前で急停車する。

「警察を撃ち殺した途端にこれか」

そう言うと、店の前に急停車したパトカーに優男が近づいていく。そして、狂ったような笑い声を上げながら、躊躇することなく、トリガーを引き続けた。バックして逃げようとするパトカーに女狐も銃口を向けて、引き金を絞り続ける。

「おいっ！　森田、しっかりせえ！　三島、大丈夫か。広瀬、行くぞ！」

木原の声で冷静になった三島は痛む肩を抱えながら、広瀬とともに出入口の反対の裏口へと慌てて逃げ出したのだった。

○広瀬すず

「なんか違うんだよな」

青山通りのオシャレなカフェで大学時代の同級生だった雪乃に、ため息をついた。

「どうしたのよ。うまくいってないの？」

ミックスジュースをストローで吸い上げながら、広瀬に尋ねた。

「ううん。そうじゃないんだけどさ、最近、雑誌の仕事なんかで、グラビアの女の子なんか撮ってるとさ、こんなことしてて本当に良いのかなって感じちゃうのよね」

「何言ってんの。あんたカメラマンになりたかったんでしょう。夢叶ってよかったじゃん」

「なんだけどさ、もっとヒリヒリしたいのよね。たとえば、戦場カメラマンみたいな。作られた表情じゃなくて、もっと私にしか撮れないリアルの今、なんていうのかな、生命体としての人間を撮りたいんだよね」

「呆れた。何が戦場カメラマンよ。そんなの戦争や内紛が起きてる海外でしか撮れないじゃん。それ、ヒゲをぼうぼうに生やしたおっちゃんがやる仕事じゃん」

「そうなんだけどさ……」

薄紫色のスムージーをストローで口に含むと、広瀬のｉＰｈｏｎｅが着信音を鳴らした。週刊タイムズの長澤編集長からの着信だった。慌てて、通話ボタンをタップする。

――あっ、もしもし長澤ですけど、今ちょっと大丈夫？

「はいっ！　大丈夫です！　どうかしましたか？」

――この前、言ってたでしょう。グラビアとかじゃなくて、実話誌みたいな媒体で海外に出て、もっと生々しいものを撮りたいって。突然なんだけど、良かったらバンコクに行ってみない？

「えっ、バンコクですか？　行きます！　行きたいですっ！　学生時代、勉強してたんで、タイ語を喋れますし、旅行で友達とバンコクに行ったこともあります」

もしかすると、バンコクで自分の本当に撮りたかったものが撮れるかもしれない。

——じゃあ、今日、ウチの編集部なんてこれたりする？

「はいっ！　すぐに行けます！」

電話を切ると、一眼レフのカメラが入ったリュックを持って慌てて立ち上がった。

「雪乃、ごめん！　大事な仕事入っちゃったから、行くねっ！　またＬＩＮＥして！」

「ちょっと、もうっ」

雪乃が呆れた表情を浮かべたが、もう広瀬は走り出していた。


今、バンコクで戦場のような場所から走る広瀬の手には、ナムトックの鉢で咄嗟に殴りつけた感覚が残っていた。まだ恐怖で身体は思うように機能しない。それでも必死になって走った。シャッターなんて一枚も切れなかったし、とにかく無我夢中だった。気がつくと、鉢を握り殴りつけていたのだ。人に殴られたこともなければ、ビンタすらしたこともない。そんな自分が、銃弾の飛び交う中で、戦ったのだ。猛烈な恐怖が体内を支配していたが、心のどこかで、興奮している自分がいることに広瀬は気づいていた。

第5章

○三島寛治

「おい森田、ギャアギャアうるさいから、大事にならんですむ適当なモグリの医者、呼んだってくれ。ほんまちょっとマメ（銃弾）がカスっただけで、ほんま大ゲサなヤツやで」

バンコクのホテルにやっとの思いで逃げ帰ってきたというのに、木原の言い草はずいぶんなものだった。

「ちょっと待ってくださいよ！　オレ撃たれたんすよ！　死んでてもおかしくなかったんですよっ！　日本だったらＹａｈｏｏ！ニュースで、大炎上してるところですよっ……イテテッ」

大きな声を出すと傷口に響いた。森田は携帯を取り出し、タイ語で電話をかけ出した。

「えっ、すごい流暢！　森田さん、タイ語話せるんですかっ」

広瀬が驚いた声を出した。電話を切った森田が口を開いた。

「オレはタイに二年住んでたから、タイ語が喋れるとよ。この国でわからんごつないけん」

バリバリのエセ博多弁だった。ヒリヒリと痛む傷口を押さえながら、三島はマジマジと森田を凝視した。どこからどう見ても、やはりキムにしか見えない。

それに、先ほどの乱闘戦の際、木原は森田のことを一度、「キム」と叫んだあとに慌てて、森田と言い直した。森田は二年間、バンコクで暮らしていたというのもひっかかる。冴木たちとの死闘からちょうど二年だ。森田がバンコクに住んでいたという年月と一致するではないか。そして、冴木もバンコクにいた。偶然にしては、あまりにもできすぎている。だが、木原も森田も頑なに認めようとはしない。

「ポンコツっ、仮にこいつがお前の言う通りキムやったとしてみ。河村と愛之介はオレの家族やぞ。その家族が冴木らに殺されたんやぞ。オレがそれを許すと思うか」

確かに木原が許すことはないだろう。木原が冴木と出会っていれば、間違っても黙ってはいなかったはずだ。たとえ、拳銃を持った相手に追われていたとして、木原ならば、立ち止まって冴木に襲いかかったに違いない。

そうこうするうちに、廊下からミシミシッという足音を立てながら、森田が手配したモグリの医者が入ってきた。そして、治療中に木原は、ＳＮＳマフィアについて知っていることを話してくれた。

優男の名前は鬼塚拓真、通称デーモン。女狐の名前は二階堂ふみ、通称クロス。その本名から通称まで、木原はすでに把握していた。ただ、向こうもインフォーマの存在を知っていた。

「もともとは、暴露系ＹｏｕＴｕｂｅｒのケツを見てたんがデーモンや。最初はＹｏｕＴｕｂｅの動画を使って、芸能人の過去の弱味をネタに脅したり、著名人に敵意をあらわにしてユスリをかけてたんや。それがある日を境に凶悪化する。それが内紛や。ナンバー２やったモンスターがデーモンを裏切って、強殺みたいな過激なことをやり始めたんや。それも、デーモンのせいにしてな。その内紛にしっかり巻き込まれたんが今ちゅうこっちゃ」

ＳＮＳマフィアの内紛でなぜ、自分が誘拐されなくてはならないのか。三島はさっぱり理解できない。そんな顔を見てとったのか、木原が続けた。

「なんやポンコツ。これだけの説明じゃ足りんらしいの。しゃあない。おい、森田、メンソールくれ。広瀬もここからはメモを取るなよ。大切なことは頭の中に記憶せえ」

広瀬がコクリと頷き、森田が「アイスコア ブルー」というタイのタバコを一本差し出した。人からもらいタバコをしておいて、お礼も言わずに「かぁ～まずいっ」と文句を言える人間がどれだけいるだろうか。

「あのな、オレは暴露系ＹｏｕＴｕｂｅｒが出てきたときにはもう背後関係を調べてた。オレのビジネスの妨げになる可能性があったからな。で、こっちからも裏部隊を放ったんや」

「インフォーマの裏部隊？　なんですか、それ……イッテェ」

モグリの医者は日本語を理解できないはずなのに、ちょうど良いタイミングで傷口を刺激してくる。これが治療なのか。

「いちいちでかい声を出してくるな。厳密に言えば、そのときは、まだＳＮＳマフィアは結成されてへんかった。ただ特定の人物は浮上してた。そいつの動きを分析していくと、次に接触するのが今のヤツ。通称、デーモンやろなって、先読みしたんや。案の定、デーモンにそいつが接触して、ＳＮＳマフィアを結成した。その辺になってくると、向こうもオレの周辺を嗅ぎ回ってきたんや」

「木原さんの存在に気がついたということでしょうか？」

広瀬が木原の話を必死に理解しようと、恐る恐る尋ねた。

「どうやろな。その辺はまだスッキリとはしてへん。ただ今回の件で何かしらどっかで繋がってたとしても、もっと他の理由があるかもしれんな」

「でも、なんでオレがさらわれたんですかね。しかも週刊誌の記者だって、最初からわかってましたし……」

三島が口を挟んだ。鬼塚たちに木原だけでなく自分の動向まで探られていたということだろうか。

「それは簡単やんけ。オレが向こうに教えたったたからや」

三島は言葉を失った。

「はあっ、どういう意味ですか、それっ！」

「言葉通りやんけ。お前がＳＮＳマフィアの潜入したい言うから、取材対象者に教えてやったんやんけ。もっとオレに感謝せえよ」

で、自分がさらわれて、殺されかけたというのか。この男はいったい、何を考えてるんだ。バカだと思っていたが、ここまでのバカだとは思いもしなかった。

「ただ、ＳＮＳマフィアなんてガキの戯れか思ってたけど、思ってたよりもグイグイきたの～」

あれがグイグイとかいう次元の話か。ここまでバカだったのか……と、三島は唖然とするしかなかった。

バンコクから日本に帰国したときには、肉体的にも精神的にもボロボロになっていた。

幸い撃たれた肩は軽傷で済んだ。森田が呼んでくれたモグリの医者に治療してもらったおかげだろうか。鎮痛剤を飲めば、随分と痛みが和らいだ。ただ、日を追うにつれて、バンコクで経験した一連の出来事には理解できないことが増えていくような気がしてならなかった。

○木原慶次郎

東京・浅草は観光客であふれかえっていた。下町風情を残す街並みの向こうには、東京スカイツリーがそびえ立っている。当初は違和感しかなかったスカイツリーも、今では映える景色として多くの人間が受け入れている。木原は伝法院通りを歩いて抜け、こじんまりした作りの蕎麦屋「そばじろう」の前で歩を止めた。

入り口には「準備中」の木札が垂れ下がっている。その札を裏返し「営業中」にすると、引き戸を引いて中に入る。店の奥から「まだ準備中やで」という声が響き、紺色に染め抜かれた作務衣を着た男、秀吉がカウンターの中から姿を見せた。木原の姿を認めるや、顔をほころばせる。

「おっ、兄貴やん！　久しぶり」

「おうっ」

そう応えて、椅子を引いて腰を下ろした。秀吉が冷蔵庫から、冷えた瓶ビールを取り出し、木原の前にグラスを置いて、栓を抜く。

「どうや繁盛しとるか？」

「ぼちぼちやで。親一人子一人で暮らしていくのに、どうにかやってるってくらいやわ」

左手に持ったグラスに瓶ビールが注がれる。

「兄貴が来たいうことは、東京もキナ臭くなってきたいうことやな」

秀吉はニヤリと笑った。

「アホか。世界各国オレが行くとこ、行くとこ、浄化されてるちゅうねん」

グラスに注がれたビールを一気に飲み干すと、秀吉から瓶ビールを受け取り、「お前も一杯付き合えや」と言って、秀吉が両手で持つグラスにビールを流し込む。秀吉は一礼して、それを一気に飲み干す。

「プハァー、昼間のビールはアレやな、兄貴、なんか悪いことしてるみたいやな。で、どうする？　蕎麦でも食べてくん」

「いや、ええわ。もうちょっと、冷たいもんもらおかなっ」

秀吉が意味深な表情を作ると、カウンターの奥に消えていく。木原は電子タバコの器具を取り出し、タバコを差し込んで、中央にある丸ボタンを親指の腹で長押しする。時計周りに電気がともり、それが一周すると、ブルっとした振動が手に伝わってくる。深く吸い込むと鼻腔をメンソールが刺激してくる。

「なんや、兄貴も紙タバコやめたんかいな。メンソールなんか、あれだけバカにしてたもん吸うて。ちなみにウチは電子タバコも禁煙やけどな」

秀吉から手渡された新聞紙に包まれた塊を受け取り、腰に差し込んだ。

「気にすんな。バンコクなんか行ってみ。紙タバコどころかみんな大麻吸っとんぞ。大麻やコカインやらを吸いすぎて、トチ狂ったチビがむちゃくちゃしよるから、ちょっとヤイトしたろう思ってな。ただそれだけや。電子タバコはヤニとちゃう、水蒸気や。何もお前は気にするな」

「そんなん言われたら兄貴、余計に気になるがな」

秀吉が笑い声を上げる。笑い声に重なり、引き戸が勢いよく引かれた。木原は無意識に腰にさした塊に手を伸ばす。

「ただいまって……おっちゃんやん！」

制服を着た中学生の女の子が木原の目に飛び込んでくる。

「こらっ、しおり！　ちゃんと挨拶せんかい」

秀吉が叱りつけても、しおりの爛々とした瞳は変わらない。

「あるで、あるで、最新情報。あんな今、ＴｉｋＴｏｋでＹＯＡＳＯＢＩの『アイドル』がバズッて、Ａｄｏを超えたで。それからな、ショート動画から、都市伝説系のＹｏｕＴｕｂｅｒのたっくーが凄い勢いで、登録者数を増やしてるでっ！」

「おう、そうか、ええ情報やんけ。また、なんかあったら、教えてくれよ。これは情報提供料や」

ズボンの後ろポケットからＶＵＩＴＴＯＮの長財布を取り出し、一万円札を抜き取る。

「兄貴、あかんて！　そんなん何の情報にもなってへんやん。オレでも知っとるがなそんなもん」

「ええねん、小遣いをあげられる時間なんて、ほんまに短いもんなんやから」

「毎度ありっ！」

しおりは木原の手から一万円札を受け取ると、「パパは長渕でも聴いてたらええねん！」

と言いながら、秀吉に向かってプイッと顔をそむけ、店の奥へと姿を消した。

「兄貴、いつきちゃんとは会うてるの？　もう社会人の年頃やろ？　兄貴の生き方を理解できるようになったんちがうの」

木原はしおりの後ろ姿を目で追いながら、答えにもならない言葉をつぶやいた。

「いつきのほうは、まあぼちぼちやな。もう八年も経つんか……」

「そうでんな、あれから八年や。どう兄貴、はよう感じる？」

木原はしばし思案したあと「どうやろな……」とまた答えにならない言葉を吐いた——。


八年前、黒塗りのアルファードの助手席に座り、見飽きた尼崎の街並みを見るともなく眺めていると、ハンドルを握る秀吉の携帯が鳴った。スマートフォンのディスプレイを見た秀吉が「うげっ」と言いながら、木原に画面を向ける。そこに浮かび上がる「親分」の文字に、木原も秀吉と同じ表情を作る。

「ご苦労様です。はいっ、兄貴でっか。今、おられます。はい、はい、わかりました。すぐ向かいます。はい、はい、ご苦労様です、失礼します」

電話なのに秀吉はお辞儀をしながら、電話の向こうにいる親分が通話を終了させたのを確認してから、スマートフォンのホーム画面をタップする。

「なんて？」

「今から兄貴に本部に来てくれやって」

アルファードを十間の交差点で大きく回ってUターンさせる。

「めんどくさいの」

「でも兄貴、親分、機嫌悪なかったで」

それはそうだろう。もしも機嫌が悪ければ、木原のiPhoneを直接鳴らしてきたはずだ。

程なく本部に到着した木原は組長室へと向かい、親分の前に立った。そして、我が耳を疑ったのだ。

「親分、本気で言うてるんですか？」

「あぁ、そうや。もうワシももう歳や。引退して組を畳む。店じまいや。ここまでお前はようやってくれた。好きな組に行ってかまへんど。思いっきり暴れてきたれ。ワシがお前と秀吉は行きたい組に行けるように話つけたる」

即答で返した。

「いや、ええです。親分がカタギならられるんやったら、自分もカタギになって秀吉もカタギにします」

西宮会二代目会長の福田が意外な顔をした。

「なんやお前がカタギなんのか？　お前のその気性でカタギの世界は厳しいぞ」

「親分、暴排条例で雁字搦めにされたヤクザよりは、まだ生きやすいですわ」

「確かに、それは間違いないの」

木原の眼を見て、福田はニヤリとした。その表情を見て、木原は安心して組長室をあとにした。そして、アルファードへ戻り、助手席に身を沈めると、秀吉が尋ねてきた。

「親分、なんて？」

「組、畳んで、引退するらしいわ。オレもカタギになる。お前もカタギになれ」

秀吉は驚いた声を上げる。

「うそぉ！　ヤクザの終わりって、そんな呆気ないもんなん。オレ、なんも心の準備なんかできてへんで」

「ヤクザは決断力と判断力や。死ぬのも懲役も突然やってくる世界や。前触れみたいなもんあるかいっ。で、お前これからどうすんねん？」

ハンドルを握る秀吉の表情からは、驚きや迷いは瞬時に払拭されていた。

「来年、しおりも小学生やから、兄貴がええ言うんやったら、東京出よかな。浅草で親戚のおっちゃんが蕎麦屋やってんねん。そこでしおりと暮らしていくのもええかなって」

「かまへん。東京行って、蕎麦でもなんでも打ってこい」

「兄貴はどうすんの？」

「オレかい。オレは今まで培ってきた人脈で、新しい世界、インフォーマを作る」

「インフォーマ？　何それ？」

すっとんきょうな声を上げる秀吉の肩をバシリと叩いた。

「いずれわかる。お前は浅草で蕎麦を打っとけ」

「なんやねんそれ」

国道二号線を南に走るアルファードのスピードが加速していく――。


「ヤクザ時代は色々あったでな」

秀吉の声が回想から現実へと引き戻す。

「そうやな、懲役も行かされたし、会費なんてあんなもん恐喝やないか」

笑みを浮かべる木原に「当番は監禁かボランティアやでな」と言って、秀吉は白い歯を見せた。

ヤクザを辞めた自分が腰にハジキを差している。冴木との戦争でも道具は使っていない。今回はあの二年前を上回ろうとしているのだろうか。自分でもはっきりとはわからなかったが、木原は妙な胸騒ぎを覚えずにはいられなかった。

○三島寛治

バンコクでの出来事を思い浮かべながら、運転席でハンドルを握る木原の横顔に視線を投げた。

「でも、まったく木原さんらしくないいんじゃないですか。なんなんですか、あれ、オレちょっとがっかりですよ」

「何がやねんっ！」と関西弁でいつものように怒鳴ってくるかと思っていたら、意外にも木原は浮かない顔つきのまま交差点で車をゆっくりと右折し、道沿いに面した喫茶店で停車させる。そんな木原の表情に、三島はますます苛立ちを覚えた。

「らしくないんじゃないですか。やられっぱなしで日本に帰ってくるって、インフォーマって、そんなんでしたっけ。木原さん、あのクロスとかいう女に蹴り入れられたまんまじゃないっすか。いいんすかっ！　それで！」

さすがに言いすぎてしまったか。木原が前方に向けていた視線を三島に向け、ため息を吐いた。

「お前はほんまポンコツでええの、うらやましいわ。心配せんでかまへん。あいつらも今頃、日本にやって来とる。お前がそこまで言うなら、お前に譲ったる。鬼塚のほうはお前がやれや。その代わりオレがピッカピカのお前の原稿を書いたる。配置チェンジや。ブチギレとんねんもんの。やったらんかいっ。今日からお前がインフォーマじゃ」

あのデーモンが日本にやってきているって……三島がゴクリと生唾を呑み込んだ。

「いや、そうしたいのはヤマヤマなんですけど、ほらっ！　撃たれた肩が……残念だな、この名誉の負傷さえなければ、オレがとっちめてやるんすけど……」

バシリと肩を叩かれた。

「イテッ！　ちょっと木原さん、なんなんすか。訴えますよ！」

「何が名誉の負傷じゃ。お前は逃げ回ってただけやんけ。よっぽど、広瀬のほうがしっかりしとったわ。ただな、どうも気乗りせんのや」

木原は浮かない顔つきを、さらに曇らせていた。

「バンコクでも言うたけど、オレはお前ら週刊タイムズが闇バイトやのＳＮＳマフィアやの言い出したときには、すでにロックオンしてたんや」

「暴露系ＹｏｕＴｕｂｅｒが芸能人とか有名人をユスってたときですか？　そもそもなんだったんですか？　知り合いの人にでも頼まれたんですか？」

木原の人脈は果てしない。ＹｏｕＴｕｂｅで芸能人や有名人を脅せば、その脅された芸能プロダクションや有名人がなんらかのツテを使って、木原に解決を依頼してきたとしても、おかしくはないだろう。

「いや。確かにオレはああいうカスみたいな連中は性に合わん。今までツレやったヤツの弱味を暴露するって、それで銭にしてまうなんて、ただのカスやんけ。でも、そうやない。それを後ろでコントロールしてる人物が、オレの予想通りやったらと思うと、なんとも言えんの」

そう言うと、木原は三島の軽四のクラクションをプップッと二、三度と叩いた。木原が鬼塚にビビって退散してきたわけではないことはわかった。だが、なぜ木原はそんなにも浮かない顔を浮かべているのだ。予想通りの人物とはいったい、誰のことを言っているのだ。そう思案してると後部座席のドアが開けられて、男が車内に入ってきた。

「お前な、刑事をクラクションで呼ぶヤツなんていないないぞ」

後部座席に乗り込んできた男を見て、三島は目を丸くした。

「丸山さん……」

捜査一課の丸山刑事だった。

「木原、お前の言う通りだ。高野警視は三歳の頃に高野家へと養子に出されている。旧姓は間違いない。河村だ」

「そうやろな……」

「えっ？　河村って、もしかして、あの河村兄弟と関係してるんすか」

それには応えず、木原は運転席の窓を下げて、紙タバコに火をつけた。

「ちょっ、ちょっと、木原さん！　禁煙ですって！」

木原はそんなことはお構いなしに紫煙を車内に撒き散らす。

「間違いない。バンコク行って確信した。河村は三兄弟や。愛之介の双子の弟が、警視庁の捜査二課の警視、高野龍之介こと旧姓、河村龍之介や。そして、その龍之介がモンスターや」

三島は木原の言葉をにわかに信じることができなかった。

第6章

○鬼塚拓真

「あのアルファードに間違いないわ」

二階堂の声に、鬼塚は前方へと視線を合わせる。都心から外れた中央線の駅に配下を迎えにこさせていた。定刻通りに黒塗りのアルファードが停まり、その横には半グレ風の男二人が立っていた。近づくと、直立不動の姿勢となって、鬼塚と二階堂を車内へとエスコートする。鬼塚と二階堂が後部座席に収まると、運転席に座った若者も助手席の男も肩をこわばらせ、興奮しているのが伝わってくる。

「デーモン！　初めまして！　オレ、超感激っす。まさか、あのデーモンに会えるなんて！」

そう話す運転席の男は、デーモンがＳＮＳを通じて知り合い、日本の闇バイトの一つのハコを仕切らせていた半グレだ。直接、顔を合わせるのはこれが始めてだった。幹部以外の人間と鬼塚が直接、顔を合わせることはまずなかった。だからこそデーモンの存在は恐れられ、恐怖の上にカリスマとして君臨しているのだ。

「おい、モンスターの隠れ家はわかったか？」

「はい！　六本木のクラブを根城にしてるのは間違いないです」

助手席の後ろの座席で黒いサングラスをかけた二階堂がセカンドバックを開く。

「テメーになんて聞いてないんだよ。おい！　オレはお前に聞いてんだ！」

鬼塚の強い口調に、助手席の男が血の気の引いた顔で振り返る。

「そこに行けば、オレを殺す算段ができてるってか？」

鬼塚は薄ら笑いを浮かべてたずねた。運転席の男が目を見開いて驚き、助手席の男の顔は、ますます蒼白になっていた。そして、運転席の男が慌てて口を開いた。

「待ってください！　デーモン、こいつはオレの中学からの後輩で、デーモンを裏切るようなマネはさせませ……」

「誰が口を挟めって言ったの。今、鬼塚が喋ってんのよ」

二階堂の綺麗な細い指には、ナイフが握られていた。助手席の男がシートベルトを外し、扉に手をかけたが、そこでピタリと制止する。男の首元には二階堂のナイフが当てられ、あぐらをかいて後部座席に座っていた鬼塚は、懐からハンドガンを抜いていた。

「おいっ、携帯を出せ」

助手席の男が震えた手で鬼塚に差し出す。二階堂がナイフを男の首元にはわせたままで鬼塚にA4サイズの茶封筒を手渡す。中からカラーコピーされた何枚かの写真をめくり、その中の一枚を抜き取る。抜き取られた写真には、助手席の顔が写っていた。それを男のiPhoneに合わせると、顔認証が解除された。鬼塚はInstagramをタップしDMのやり取りに目を落とす。

〈15分後に到着予定〉

〈クラブに入ったら、トイレと言って席を立て〉

モンスターとのやり取りに目を通すと、拳銃を構えたまま、紙タバコのボックスを取り出し、中からジョイントを抜き取ると、ジッポを擦って火をつける。二口、三口と吸いつけた。むせかえるたびに衝動が込み上げ、咳き込んだ刹那に視界がパッと明るくなり、目に映る景色の色彩を煌びやかに変貌させる。

鬼塚は「くっくっくっ」と可笑しそうな笑い声を上げたあと、声色を変えた。

「SNSマフィアの掟を言ってみろ」

助手席の男が口を開いたが、表情だけでなく声まで引きつっていた。

「裏切りは血を持って……」

すべてを言い終える前に、助手席の男の首筋から真っ赤な血飛沫が上がった。そのまま肩をガクリと落として崩れ落ちていく。二階堂は何事もなかったかのようにハンカチを取り出して、血に濡れたナイフを拭う。

「おい、歌舞伎の焼肉屋に行け。久しぶりに日本の肉が食いたくなった」

運転席の男は、目の前で起きたことが理解できないまま、「わ……わかり……ましたす……」と言って、新宿方面へとアルファードをＵターンさせた。

消えたジョイントにジッポで火をつけて、むせかえるまで吸い込んだ。車内に流れるヒップホップのベース音が、鬼塚の鼓動を激しく揺さぶっていた。

○三島寛治

「おうっ、どないや？」

運転席に座る木原が振動したｉＰｈｏｎｅを耳に当てた。

――ご苦労様です！　六本木のＯＮＥってクラブで間違いないです。ボス……いったい何が起きてるんですか？

電話をかけてきたのは室田だった。その不安そうな声に木原は応えた。

「お前もしつこいヤツやの。黙ってオレの言われた通りにしとかんかいっ。ただ、これだけは忘れるな。誰がなんと言おうが、オレにとって河村と愛之介は今でも大事な家族や。それだけは頭に叩き込んどけよ、ええの」

電話の向こうでしばしの沈黙のあと、室田は「はいっ、わかってます」と応えたのを聞くと、木原は通話の終了ボタンをタップした。

「誰からだ？」

丸山が後部座席から木原に声をかける。それには応えず、

「おやっさん、世の中には知らんで済むなら、知らんでええことがようさんあるでな。SNSのせいで、誰を信用したらええか、わからんようになってもうた。かたい絆で結ばれてたはずの仲間やファミリーですら、いつ裏切ったり、仲違いして秘密ごとをYouTubeなんかの再生回数のために暴露されたりしてもおかしくない」

木原は意味深な言葉を繰り出していた。そして、助手席の三島に視線を向けた。

「ポンコツ、『クラブONEに今から来てくれ』って、もし電話があったら、そいつがたとえ誰であったとしても、信用すんな」

どことなく、木原の表情が寂しげに見えた。そのときだった。三島のiPhoneから

着信音が響いたのだ。一瞬、ドキッとさせられたが、ディスプレイの「有村」という文字を見て、安堵を覚えた。

「なんだよっ！　今、忙しいんだよ！　用事だったら編集長かハコさんに言えよ」

――三島、どうした？　激おこじゃん。てかさ、今どこ？　今日って、木原と六本木のクラブONEに来たりできる？

いつもと変わらない有村の声に、三島は愕然とさせられて、木原の表情を確かめるように見たのだった。

◯鬼塚拓真

歌舞伎町にある焼肉屋、その個室では正座して、一言も発することなく、ロースの焼き加減を気にする男がいた。一時間ほど前に鬼塚と初めて会い、テンションが上がっていた、あの運転席の男だ。その表情から興奮はすっかり消え去り、緊張の二文字しか伝わってこない。目の前の皿に置かれたロースには一切手をつけず、二階堂はiＰｈｏｎｅに視線を落としている。

「足立区で資産家が今日もまた殺された。強盗殺人、これもすべて鬼塚の仕業ってことになってるわね」

マッコリが入ったヤカンを、金属製のマッコリカップに手酌で注ぐと、ステンレスのアイスペールから氷をアイストングで掴んでぶち込み、鬼塚はマッコリカップを一気に飲み干した。

「好きなだけやらせとけ。どうせアイツは血で償いをしなければならない。せいぜい、今のうちに余生を楽しんでおけばいい。お前は闇バイトのヤツらに、デーモンが直々にモンスターを探しに来てると拡散させろ。オレの名前を使えば、モンスターの居場所なんて明日にでもすぐわかるだろう。そのときがあいつの命日だ」

無数に列をなして順番を待つ闇バイト候補者の多くは、インターネットの中での評判や噂に左右される。その手の連中にとって、デーモンは神秘化された存在であり、名前を聞いただけでも恐怖を感じる。一度でも闇バイトという悪事に手を染めたことがある者ならば、命の危険すら感じるはずだ。そのデーモンがわざわざ自分たちの近くに降臨してまで、モンスターの居場所を探せ、と指示を出しているのだ。すぐにでもヤツの隠れ家など割れるはずだ。

「おい、バイト！　今日はこのまま渋谷のエクセルに泊まる。お前、今から質のいいコークを五グラム用意しろ！」

財布から五万円を抜き取り、男に放り投げた。そのときだった。個室を仕切るふすまが左右、正面と音もなく突然、開け放たれたのだ。

「よう、デーモン、機嫌悪そうだな。ガンジャじゃ今の苛立ちを抑えられないってか？」

どかりと正面に腰を下ろす男、モンスター。鬼塚は四方八方から自分に銃口が向けられていることを見るまでもなく察知した。素早い動きで二階堂が立ち上がり、拳銃を構えた。しかし、その銃口も鬼塚に向けられていた。

「どうした？　動揺でもしてんのか？」

呼吸が早くなりかけている。鬼塚は腰に差していたサバイバルナイフから手を離し、目を軽く瞑って髪をかき上げた。行くところ、行くところに敵が現れやがる。そういうことだったのか。裏切り者はモンスターだけではなかった。二階堂が居場所をモンスターに知らせていたのだ。

「さすが、デーモンだな。もっと動揺するかと思ってたが、顔色ひとつ変えやしねえ。やっぱそうじゃねえとな」

モンスターの声色には余裕を感じさせた。冷静にならなければと、あらためて銃を向けているヤツらの顔を見る。全員が鬼塚直属の部下、SNSマフィアの幹部たちだった。

「まあ、そうがっかりするな、デーモン。オレはお前と違って人望があり、仲間を大事にする男だ。お前にだってチャンスをやる。インフォーマの木原とかいうヤツを殺してこい。お前もバンコクで会ってるから顔は知ってんだろう。木原のタマをきっちりとってくれば、命だけは助けてやる。ドバイでもどこでも行ってこい。ただし、一人でだがな……」

笑ってやがる。余裕の笑みか、自分を憐れむ失笑なのか。モンスターの笑い声に、別の笑い声が重なっていく。

「んっ？　何がおかしい？」

モンスターにそう言われ、初めて自分が笑みを浮かべていたことに気がついた。

「これが笑わずにいれるかっ、おう、りゅうのすけ。お前らごときのゴミがオレに命の保障だ？　逆だろう。お前らを生かすも殺すも決めんのも、オレなんだよ」

「なんだと、こら！　まだ自分の立場がわかって……」

モンスターの言葉を遮るように着信音が鳴った。二階堂の銃口が頭部に近づいてくる。

それをモンスターが制して、懐からｉＰｈｏｎｅを取り出す。

「なんだ、どうした？　クラブONEに半グレ風の男たちが乗り込んできて、やられただって？　ちぃっ、テメーら何やってんだっ、それで木原は……」

木原という名前が出た一瞬だけ、二階堂は気を緩めた。銃口が逸れた隙を鬼塚は見逃さなかった。テーブルの上に、静かに手榴弾を置いたのだ。もちろんピンは外してある。怒気をはらんだモンスターの視線が鬼塚に向けられる。

「ゲーカイ（償え）」

鬼塚がそう言うと同時に、テーブルを向こう側へと蹴り上げた。机上から落下した手榴弾は轟音とともに破裂する。モンスターと二階堂は無傷でいられるわけがない。一方の鬼塚はテーブルが遮蔽物となり、手榴弾の破片こそ当たらなかったが、背面の壁まで吹き飛ばされた。ここで、気を失うわけにはいかない。立ち上がり、右手側の出口へと駆けだした。途中、顔色を失い呆気に取られている男たちをサバイバルナイフで斬りつけながら駆け抜けた。

「おいっ、逃すな！」

イカれた鼓膜にも背後からモンスターの声が響いた。ヤツはまだ生きている。まだ血の償いは終わっていない……。

第7章

○三島寛治

「何がヒットアンドアウェイ作戦だよ……」

張り込みを始めた物陰で、三島は舌打ちした。木原が珍しく寂しげな表情を見せたから心配してやったというのに、なんだアレは！　三島が有村からの電話を切ると、木原は四本の電話を次々と入れ始めたのだ。

「おう、森田か。位置情報を送る。今からそこに行って、悪そうなチビらおったら遠慮はいらん。全員、ぶちのめしてこい」

「クズオ、出番や。六本木のクラブＯＮＥって、わかるかっ。おう、そこや。そこにＳＮＳマフィアとかいうクソネット民どもが集まってきよる。ああ、かまわん、遠慮はいらん。六車連合会の健在ぶりを見せつけてきたらんかい。おう、そうや。そいつらは全員、闇バイトのクズどもや。ただ、向こうに河村の若い衆やった室田がいてる。おう、それも全部、聞いとる。室田がお前に楯突いたんも、全部オレの指示や。おう、おう、心配すんな、こっちは大丈夫や、おう、任せとけ、頼んだぞ」

「有村が危ない。長澤、有村をすぐに会社に戻すんや。こっちから護衛を手配するから、心配すんな。おう、おう、大丈夫や、何も心配いらん。箱崎に原稿を差し替える準備をさせとってくれ」

「おう、今から位置情報を送る。カメラをしっかり構えとけよ。そこで起きるのがヒリヒリする現場や。目に焼きつけてこい。ＳＮＳでは味わえん、これがリアルな世界や。一人ガードっぽいのを付けたる。なんの頼りもないポンコツやけど、悪運だけは持っとる。自分の目で見て、写真撮って、週刊誌に持ち込んでスクープにできるか自分の頭で考えてみ」

こいつは電話をかけるときに「お世話になってます」とは言わないまでも、せめて「もしもし」ぐらいは言えないものなのだろうか。「おう」は挨拶でもなんでもない。まったくもって社会不適合者だ。心の中で毒づいていると、木原がこちらに視線を投げて目を細めている。

「お前、テキパキと指示を出すオレに見惚れてたやろう。ほんま気持ち悪いヤツや。まあええ、何をボサっとしとんねん。はよ降りよ。お前はオレの的確な指示を聞いてなかったんかい」

こいつはやはりバカだ。何がインフォーマだ。何が「見惚れてた」だ。「おう、おう」

と最後に「ポンコツ」くらいしか言ってなかったではないか。ん？　ポンコツって……。

「ちょっと、何するんですか。突然、これオレの車ですよっ」

「やかましい！　お前は有村の家の前に黙って張り付いてたらええんじゃっ！　はよ行けっ！　なんかあったらまた広瀬に助けてもらえ」

「はあ？　なんで、オレが有村の家の前に張り込みせにゃならんのですかっ。イヤですよ、オレ。イテッ！　ちょっと、木原さん、蹴らないでくださいよ！」

木原に足で押されながら、助手席から降ろされると、後部座席の丸山がため息をついた。

「おい、おい、また面倒ごとは勘弁してくれよ」

「まあそう言うな。これも日本の治安を維持するためや」

何が日本の治安維持だ、歩く無法地帯のくせに、苦々しく心の中で暴言を吐きながら、すべての鬱憤を込めて助手席のドアを閉めた。三島の軽四が走り出そうとして、すぐ急停車する。助手席の窓が降ろされ、木原が運転席から、手招きをしている。

「ん、もうっ、なんなんすかっ？」

「プロジェクト名はヒットアンドアウェイ作戦や」

木原が、ニヤリと笑うと、三島の軽四が走り去っていった——。

物陰に隠れて、ほんの一時間ほど前のことを回想していると、真横でカメラを構える広瀬が少し緊張した声でつぶやく。

「誰も来ませんね……」

「あのバカ、電話も出ないし、既読もつきやしない。記者はレスポンスが命だって、いつも教えてやってんのに、何やってんだよ、たくっ」

暗闇の中で三島が「ちっ」と、また舌打ちをした。

○クズオ

歌舞伎町にある六車連合会の事務所で、クズオは目を血走らせながら、メモを取っていた。

「はい！　はい！　わかりました！　六車の人間、全員連れて、片っ端から掃除してきてやります！　はいっ！　はいっ！　で、木原さんは大丈夫なんですか？　はいっ！　わかりましたです！　ご苦労様です！　失礼いたします！」

クズオが電話を切ったときには、事務所にいる六車連合会の男たちは立ち上がっていた。

「クズオくん！　今の木原さんからっすか？」

「おう！　そうだ。木原の兄さんだ。六車の人間、全員に集合かけろ！　久しぶりの祭りだ、テメーら派手に踊れよ！」

「おうっ！」「おおっ！」「しゃあっ！」事務所にいた男たちが、一斉にドスの効いた声で返事を返し、水を得た魚のように動き出した。

その光景を見ながら、クズオはようやく納得がいったのだった。あの室田が木原の元からケツを割って帰ってきたことも信じられなかったし、そこかしこで木原の悪口を吹聴することに違和感があった。室田の言動のすべてが白々しく感じていたのだ。

「あのブタ……下手な芝居を打ちやがって」

クズオの口元がニヤリとした――。


その20分後、クラブONEにクズオをはじめとする六車連合会の面々は到着した。物陰から入り口の様子をうかがっていると、堂々と手に金属バットや鉄パイプを持った若い男たちが吸い込まれていく。見るからに半グレのようなヤツもいれば、サラリーマン風の中年男もいる。中には明らかに未成年とわかるヤツまで、武装してクラブＯＮＥに入っていった。その最後にデカい図体をした男が肩を落として、中へ入ろうとしているのが見えた。

瞬間、クズオが姿を現して、こう叫んだ。

「おい、デブっ！」

「げっ！　ク、クズオ……。違うんだよ！　みんな、ちょっと待ってくれ。聞いてくれよ！」

振り返った室田が慌てて、釈明を開始したばかりだったが、時間はなかった。

「バーカ！　全部、木原さんから聞いて知ってんよっ。下手な芝居しやがって。室田！何をボサッとしてんだよっ！　六車連合会の斬り込み隊長はテメーじゃねえのか！　のんびりしてっと、お前の見せ場、なくなっちまうぞ」

室田は目つきを急に変えると、クラブＯＮＥのドアに身体ごと突っ込み、「六車連合じゃ！」と怒声を轟かせたのだった。

○高野龍之介

ＧＵＣＣＩのセットアップを脱ぐと、体中の至るところに絆創膏が貼られ、包帯が巻かれている。重度の打撲を負ったが、二階堂の素早い動きのお陰で骨は折れてはいない。結局、あの現場で生き残ったのは、二階堂と逃げた鬼塚だけだ。まさか懐に手榴弾を忍ばせているとは、思いもしなかった。予定は少し狂ったとはいえ、焦るほどでもない。

鬼塚はせいぜい偽造パスポートで、国外逃亡を図ろうとするだけだろうし、木原は二階堂に殺らせれば良いだけだ。今度のSNSマフィアの表のボスが女というのも悪くはない。

脱いだGUCCIのセットアップを荒々しく後部座席に放り投げると、仕立てられたスーツに着替え、ネクタイを絞った。モンスターから警視庁理事官に戻らなければ……。

ミネラルウォーターの封を切り、鎮痛剤を流し込むとiPhoneの着信音が鳴った。

「ご苦労様です。丸山警部補、どうされました？」

声色もすべて警視殿、なんの乱れもないはずだ。

——ご苦労様です！　警視殿！　もうご報告が行っていると思うのですが、歌舞伎町の焼肉店で何者かによる爆破が起きまして、その件で内情を知るという者から、たった今、タレコミがありまして……

まだ警察発表はしていない。だがこれだけインターネットが普及している時代だ。世間にはすぐに出回っている。

「それで、その密告者はなんと？」

──はっ！　警視殿に今から帝国ホテル一階のラウンジで会いたいと申しておりまして
……

誰かに顔を見られたのか。なぜ警視である自分をそいつはわざわざ、指名してくるのだ。

──今から現場に捜査員を向かわせて、任意で事情聴取をかけてみましょうか？

「いえ、結構です。私が直接、話を聴いてみます。丸山警部補は待機していてもらえますか」

もしも他の捜査員を派遣して、面倒なことを喋られれば厄介だ。ここはバンコクとは違う。歌舞伎町のど真ん中であれだけの爆破を起こしたのだ。死体は何体も上がっている。当分、メディアもこの話題を取り上げ続けるだろう。警視というチンケな肩書きに固執するつもりはないが、今はまだ少しの綻びも出すわけにはいかない。兄たちの仇、木原を殺すまでは……。

──はっ！　了解いたしました！　何かありましたら、すぐにご連絡ください！　失礼いたします！

古いタイプの刑事だ。だからいつまでも経っても警部補止まりなのだ。駐車場から車を出すと、帝国ホテルのある千代田区に向けて、白のセンチュリーを走らせた。

帝国ホテルに入って、だだっ広いラウンジを見渡すが、それらしい男は見当たらない。ウェイトレスに庭園が望める窓側の席を案内され、ブレンドコーヒーをオーダーし、腰を落ち着けた。胸ポケットからｉＰｈｏｎｅを取り出して、Ｔｗｉｔｔｅｒのアプリをタップしようとしたときだった。

「はじめましてやの、りゅうのすけ。お前が殺したがっとんのはオレやろが」

向かいの席に腰を下ろした木原慶次郎が、ゆっくりと脚を組んだ。

「どういう意味でしょうか。あなたが情報提供者の方でしょうか？」

兄二人の仇が目の前に座っている。早まる鼓動を押し殺して、平静を装った。

「何を今さらとぼけとんねん。これ見てみ。お前やろがいっ。りゅうのすけって呼ぶよりも、モンスターって呼んだったら、本性を現すんかいっ」

木原が手にしたｉＰｈｏｎｅを凝視する。画面には尼崎のタワーマンション裏で張り込んでいたときの自分の横顔が写し出されていた。あのときから気づかれていたのか。ウェイトレスがテーブルに近づき、コーヒーを目の前に置く。木原の前には水を置き、「ご注文が決まりましたら……」と決まり文句を話している。それに対して、木原が手を軽くあげる。ウェイトレスが席から離れて行く背を確認してから、木原は表情を変えた。

「さすが人のケツを嗅ぎ回るドブネズミだけあって、情報だけは早いの。どうせ殺されるんやったら、もっとさっさと現れたらんかい」

押し殺した声。今にも腰に差してある拳銃を抜き去り、ありったけの銃弾を木原の身体に撃ち込みたい衝動に駆られた。

「よう聞けよ、りゅうのすけ。河村も愛之介もオレの大事な家族やった。お前がオレを恨んでようとも、あいつらはオレの……」

立ち上がっていた。

「こらっ！　どチンピラっ！　お前みたいなカスが兄ちゃんらの名前を気安く呼ぶなっ！」

勢いは止まらない。腰に差した拳銃に手を持っていこうとしたときだった。派手な音を立てて、窓ガラスが叩き割られた。思わず身を屈める。庭園のほうに視線を投げる。

「おい、モンスター。SNSマフィアの掟だ、血で償え！」

青龍刀を持った鬼塚が割れたガラスの間から現れ、片足をテーブルにのせて不気味な笑顔を浮かべていた。

その表情に龍之介は生まれて初めての恐怖を感じていたのだった。

第8章

○鬼塚拓真

一階のラウンジで向かい合って龍之介と、バンコクで会った情報屋が座る姿を、ガラス窓越しに確認できた。指先で挟んだジョイントをむせるまで吸いつけた。見る景色が一瞬にして輝きを増す。神経が研ぎ澄まされ、高揚感がみなぎる。悪くない気分だった。

指先で摘んだジョイントを、弧を描くように宙に弾くと、今度はその手で花壇のレンガを拾い上げ、目の前の窓に叩きつけた。ガラスの割れた音が心地良いリズムを奏でる。

「おいっモンスター。ＳＮＳマフィアの掟だ、血で償え！」

龍之介の顔に恐怖が宿った。しょせんはコイツもバイトにすぎない。

「うわっあああっ！」

龍之介が震えた手でトリガーを絞った。フロア全体に乾いた音が響き渡る。銃弾は僅かに肩をかすめたが、痛みなどは感じなかった。尻餅をつき、銃口を鬼塚に向ける龍之介の手はガタガタと震えている。

「そんなへっぴり腰でオレ様の身体にマメを入れられるわけがねえ」

龍之介の頭部に目掛けて振り下ろす青龍刀。横から飛び出てきた特殊警棒が、火花を散らして阻止する。視線を真横にスライドさせると、腹に木原の足がめり込み、前屈みの体勢となり、今度は視界にヤツの膝が広がっていく。鼻筋から鉄のような味が唾液に混じって降りてくる。

「ハッハッハッ！　ドブネズミがっ！」

青龍刀を左手に持ち替えて、木原に向けてスウェーさせる。それを木原が特殊警棒で叩きつけてくる。

「りゅうのすけっ！　逃げえっ！」

思考回路が一瞬、停止する。こいつらは仲間だったのか。だが、鬼塚にはどうでもいい話だった。龍之介には血で償わさせなければならない。

「あわあわっ、うわっっ！」

腰を抜かしたような体勢から、立ち上がって逃げ出そうとする龍之介に腰から抜いた拳銃を構え、トリガーを絞った。乾いた銃声が断続的に鳴り響き、木原が叫ぶ。そして、ラウンジの客からは、歓声のような悲鳴が上がる。

「ハッハッハッハッ！　イッツ・ア・ショータイム！　モンスターよ、ゲーカイ（償え）！

ハッハハハハ！」

床に転がる龍之介はもうピクリとも動かない。木原が駆け寄るが、ありったけのマメをぶち込んだのだ。もう助かりはしない。マメの切れた拳銃を放り投げる。また、悲鳴が上がる。人を殺したあとに無性に肉が食いたくなるのはいつものことだった。

鬼塚が歩き出すと、ラウンジに居合わせた客たちは目の前の光景が信じられず、もはや悲鳴すら上げることができず、ただ道をあけていく。

「ハッハハハハハッハハハハ！」

自分に向けられる眼差し。どいつもこいつも恐怖と絶望を目の中に宿している。悪い気分ではなかった。

○高野龍之介

ラウンジの絨毯の上に仰向けに倒れ、見上げると巨大なシャンデリアが見えた。撃たれた痛みは、さほど感じない。徐々に霞がかかったように、目に見えるものすべてが白くなっていく。まただ、あの頃のおぼろげな記憶が甦ってくる。

兄の恭介と二卵性双生児の兄、愛之介と両親、家族五人で散歩に出かけた。あれは、ピンキーが河村家に来た翌日で、母の言うことを聞かず、はしゃいで走り回る愛之介が転んでしまい、泣きべそをかいた。それを見た母は、「もう、だから言ったでしょう」と微笑みながら慰めたが、兄の恭介は「あいのすけっ！　男のくせに泣くな！」と怖い顔で言っていた。そのときの父の顔は思い浮かばない。いや、父の身体が吊られて揺れているのを見て以来、その顔はずっと思い出せなかった——。

「おいっ！　りゅうのすけ！　聞こえるか！　おいっ！　りゅうのすけ！　救急車、すぐ呼んだるからな！　待てよ！　心配すんなよ！　はよ救急車呼んだらんかいっ！」

なんでこの男は自分を殺そうとしていた人間に優しくできるのか。

「に……兄ちゃんらは、恭介と愛之介は……カッコよかったですか？」

自然と口から出た言葉だった。

「おうっ！　二人ともむちゃくちゃええ男やったぞ！　お前の兄ちゃんは、恭介も愛之介もむちゃくちゃカッコよかったぞ！　おいっ！　聞こえるか！　最高の男やったぞっ！」

木原の声に自然と顔が綻んだ。どこで何を間違ってしまったのだろうか。過去の記憶が脳裏に浮かぶ。これが走馬灯ってヤツなのか。

保管室のロッカーで眠っていた未解決事件の大量の資料をダンボールに入れ、自分のデスクに腰を下ろすと、片っ端から目を通す。延々と繰り返される作業。ちょうど一時間が経過したところで、中年刑事が現れた。

「失礼いたしますっ！」

やや緊張した面持ちで、中に入ってきたのは丸山だった。階級は警部補。キャリア組の高野からすれば、大卒の新人と変わりはしない。

「はあい！　どうぞ！」

底抜けに明るい声に表情。我ながら、素晴らしい演技力だ。

「警視殿、言われた書類をまとめて持ってまいりました」

「うわっ！　丸山さん、有難うございます！」

「そ、そんな、恐縮です！　ただ……」

丸山が言葉を詰まらせた。当然だ。殺しなどの凶悪犯罪は捜査一課が扱う。捜査二課理事官の高野が洗い直すことに、疑問を感じているのだ。

「ただ？」

無垢な表情を作ると、丸山が慌てて見せた。

「いえっ！　申し訳ありません！　ただ、どうして、警視殿がわざわざ、半グレや暴力団の未解決事件をお調べになられるのかと思いまして」

当然だ。社会のゴミが引き起こした事件など、丸山クラスが捜査すればいいことだ。それに、そもそも保管室に眠っていた未解決事件の資料を漁る必要などない。

「私はまだ若い上に、千葉県警から来たばかりで、手柄でも立てないと、なんて思っちゃったんですよね」

頭をかいてみせる。丸山はそうした自分の一つ一つの仕草に親しみを感じているに違いない。

「そうでしたか」

「ちなみに、丸山さんは暴力団って必要だと思われますか？」

「いわゆる必要悪というヤツでしょうか。私は悪に必要性なんてないと考えております」

教科書通りの回答だ。それを言えば政治家や警察なんて悪の権化ではないか。

「その通り！　必要な悪なんてないですもんね」

本心は微塵も表情にも出さず、高野が笑顔を作ると、単細胞そうな丸山も顔を明るくさせている。

「また何かありましたら、いつでも仰ってください。では、失礼いたします」

丸山は緩んだ表情を浮かばせると、その場をあとにした。そんな単細胞だから警部補止まりなのだ。丸山の持ってきた書類をめくり、手が止まる。

―暴力団の抗争事件の疑いか―

―都内レストランで暴力団組長射殺―

兄ちゃんが死んだ事件である。新聞のスクラップまで丁寧に収めてある。高野は怒りで手が震えてくるのを抑え、パソコンのキーボードを叩く。モニターに浮かび上がる男、木原慶次郎。二人の兄は、この男に関わったばかりに殺されることになったのだ。刑務所なんて生易しいところに収容させるつもりなど、さらさらなかった。丸山が持ってきた資料に目を通し、一枚の書類を抜き取る。

やはり、この男が適任だろう。殺人、特殊詐欺、強盗、傷害、銃刀法違反、恐喝で逮捕状が出ており、少年時代にも殺しで少年院に送致されている。備考欄には半グレのリーダー格と記載されている。

男の名前は鬼塚拓真。

調べていてわかったことだが、逮捕状が裁判所から発行されるまで鬼塚は都内の若者たちを恐怖で押さえつけ、頂点に君臨していた。残忍、冷酷、非道、木原を殺させるには、最高の適任者だ。鬼塚のデータはすべて頭の中にインプットしてあった。モニターに映し出された男が、命乞いしながら血で真っ赤に染まる姿を連想させた。高野の口角が自然と釣り上がった。


予想外のことが二つ起きた。一つは鬼塚と初めて接触した日、潜伏しているマンションに入ったときに女がいたことだった。

配下だった若者たちに次々に裏切られながらも、不動産屋で働いている後輩の管理物件を転々としながら、身をかわし続けていた。その後輩も警察へとリークしてきた。突入を前日に控えた夕刻、高野は車内で仕立てられたブランドスーツからストリートカジュアルファッションに着替えると、ワックスで無造作に髪をかきあげた。バックミラーに映る表情はどこから見ても、警視どころか警察官などには見えない。

インターフォンを鳴らさずに、管理会社から押収した鍵を差し込み解除する。室内にはだるそうにフローリングに座る鬼塚がいて、こちらに向かって若い女が立ちはだかった。

「なんだ？　テメー」

鬼塚の声に怯えた様子はなかった。

「オレッすよ！　四中の牧くんの後輩のりゅうのすけですよ！　鬼塚くんが歌舞伎でやったスカウト狩りに参加したことあるっす！」

鬼塚の人間関係や人脈はすべて洗い出してあった。ただ、目の前で今にも飛びかかってきそうな女のことは、まったく知らなかった。

「それがどうした？　なんでテメーみたいな小僧がこの場所を知ってんだっ、あっ？」

「鬼塚くんの後輩の金城がサツに鬼塚くんのことを売ったんすよ！　それをたまたま金城からオレのツレが聞いて、慌てて来たんすっ！」

鬼塚が舌打ちをした。

「ちっ、どいつもこいつもカスどもがっ。で、テメーがオレの面倒を見に来たってわけか？」

高野は人懐っこい顔を作り、少し首を傾げて見せた。

「面倒っていうかさ、鬼塚くん。一緒にバンコクでおもしろいことやんない？」

「なんだ、おもしれぇことって？　まさかお前、ジョイントでも吸って、タイで楽しく暮らそうみたいなガキみたいなこと言うんじゃねえだろうな？　そんなもん、オレは中一からチャリンコ（コカイン）決めて、裏街道を生きてきてんだよ。合法、非合法なんか生まれたときからオレに関係あるわけねえだろう」

「違うよ。今まで散々、鬼塚くんに世話になってきたくせに、いざこんなことになったら、簡単に裏切ったヤツらに制裁を加えてやるんだよ」

小馬鹿にしたような表情を浮かべていた鬼塚の顔つきが、わずかに変わった。

「オレさ、バンコクにツテあって、偽造パスポートだってすぐ用意できるんだ。向こうでSNSを使って、姿すらわからない場所から、闇バイトを募って、集まってきたヤツらを遠隔で自由自在にあやつんだよ」

鬼塚が笑い声をあげた。

「ハッハッハッハッ。お前、見た目と違って、中身はバケモンみたいだなっ。で、お前はどう思う？」

鬼塚が女に視線を投げた。

「いいんじゃない、鬼塚の好きなようにすれば。どのみち、このまま日本にいてもジリ貧になるだけよ」

女の表情はまったく変わらない。ただ女から醸し出される雰囲気には、鬼塚に何かあれば黙っていないことを容易に想像させた。

「じゃあ、決まりだ。今日からオレたちはSNSマフィアだ。SNSマフィアの掟は『裏切りは血を持って償わせる』だ」

「だね！　じゃあさ、呼び合う名前も決めとこうよっ！」

「呼び合う名前だ？　なんだそれ？」

「だって、SNSでも名前で呼び合えばすぐにバレんじゃん。ニックネームを作って、そのニックネームに恐怖を植え付けてくんだよ。例えば、鬼塚くんは鬼だからデーモンとか」

「じゃあ、お前はモンスターてか。悪かねえな、デーモンとモンスターを二階堂がクロスさせる。あっという間に決まったじゃねえかよ」

鬼塚が無邪気な顔を初めて見せた。

予想外の二つ目はバンコクから一時、日本に帰国すると言って、二人と別れた帰り道でのことだった。

バンコク空港に向かうために、タニヤ通りを歩いていると、人混みの中、前から歩いてきた小柄な日本人らしき男が、すれ違いざまに確かにこう口にしたのだ。

「犬がチョロチョロと嗅ぎ回っていると、ロクなことが起きないぞ」

感情の起伏がない無機質な声、殺し屋のような冷徹な眼差し、兄の恭介を死に追いやった事件をふと思い出した。咄嗟に振り返ると小柄な男の姿はもうなかった。あれはなんだったのだろうか。もしかして幻覚でも見ていたのだろうか。

バンコクから帰国すると警視庁に出勤し、極秘捜査を名目に関西へと向かった。

木原は異常なほど警戒心が強く、同じ行動パターンをとらない。そんな中で、ヤツの寝ぐらをやっとつかんだのだ。覚醒剤の中毒者で検挙せずに、タクシーの運転手をやらせている犬から、木原が現在、乗っている白のベンツが、兵庫県尼崎市のマンションに入っていくのを見つけたという報告を受けた。

新大阪駅で借りた軽自動車のレンタカーを公園の横に停車していると、白塗りのベンツが前方からやってくる。高野はサッと目線を下にさげた。間違いない。運転しているのは木原だ。こちらに気づいている様子もない。肉眼で初めて見る木原。意外なほどに落ち着いていた。自分がやらなくても、気の狂った鬼塚がいずれ木原を殺すことになる。

五分もしない内に今度は作業服を着た図体のでかい男がゴミ袋を持って走り去っていっ

た。木原の交友関係はすべて、頭の中にインプットしてある。男の名は室田マサ。兄の河村恭平の若い衆だった男だ。閃きが走る。室田に接触し、たらし込むなんて造作のないことだ。バックミラーに映る室田の背を見ながら、高野の顔には笑みが浮かんでいたのだった——。

もう記憶が途切れ始めた。自分の一生を振り返る走馬灯はこんなに短いのか。木原の叫び声が耳元から遠ざかっていく。もう高野には誰の声も聞こえなくなっていた。

○三島寛治

ｉＰｈｏｎｅを取り出し、何度、確認しても有村に送ったＬＩＮＥの既読が付かない。また舌打ちした。

「もしかすると、もう有村はやられちゃったかもしれないから、そろそろ帰ろっか」

ずっと同じ姿勢でカメラを構えている広瀬が軽蔑した視線を三島に向ける。そのときだった。暗闇の中からバカでかい声を出した女が姿をあらわした。有村だった。バカでかい声を出して携帯電話で誰かと話してやがる。

「超イケてんのっ！　警視よ！　警視！　たぶん来月には、寿退社だわ。ごめんね、アタシだけ幸せになって。でも、聞いて聞いて、本当、いつも言ってんじゃん、アタシの部下の三島。あいつ、しつこいくらいＬＩＮＥ送ってくんのよね。こっちは警視の花嫁だっつうの。モテる女って辛いわ」

誰が部下だ。ＬＩＮＥも気づいててムシしてやがったのか。怒鳴りつけてやろうとしたとき、広瀬が「あっ！」と声を上げると、有村は暗闇から出てきた四人組の男たちに囲まれていた。木原との会話が甦る――。

「当たり前やんけ。有村はモンスターに接触してもうてんねんぞ。それもモンスターからオレを呼び出せって垂らし込まれとんねん。あとで処理するに決まっとるやろが」

「そんなもんなんすかね。有村なんてほっといても何も変わらないと思いますけどね」

「ほんまお前はポンコツやの」

どうせ、オレはポンコツですよっと内心毒づいたが、木原の言うことは、やはり当たっていた。

「こらっ！　何してんだ！」

有村を囲んでいた男たちが三島たちのほうに振り返る。広瀬はすかさず、三島の背後に隠れて、「写真は任せといてください。あんなヤツら、とっちめてやってください！　さあ、早く！」と急かせた。

輪の中から一人の男が、何かを周りの男たちに言ってこちらに歩を向けたとき、タクシーのヘッドライトが男たちを照らした。

「おっちゃん、釣りはいらんけん、取っとき」

場違いなほど、のんびりとした声。森田がゆっくりとタクシーから降りてきたのだ。

「なんね、たったの四人ね。それでオレに勝てると？」

首をポキポキ鳴らしながら、男たちに近づく。

「なんだ、テメ……」

森田の前に立ち塞がろうとした瞬間、男が吹き飛ばされていた。

「ええからかかって来んね、来んとこっちから行くぞ」

広瀬がシャッターを切る間もないほど一瞬だった。四人の男たちがアスファルトに転がっていた。転がっている男たちは、四人ともよく見ると、まだ未成年だった。

○洋介

新宿一丁目の裏手にある十階建てマンション。ここに入居するにあたっては、保証人も契約書もいらなかった。空き部屋さえあれば、一カ月の前家賃を払うだけで、その日からでも入居することができた。身分証すらいらない。人殺しであったとしても、逮捕状が出ていたとしても、そんなことは関係ない。ただし、完全紹介制だった。逆に言えば、紹介者がいなければ、どれだけ金を積んでも、身元や職がきちんとしていても入居することができなかった。これが通称「新宿ヤクザマンション」の仕組みだ。

その一室で洋介と康介の双子が向かい合って座っていた。二年前の殺し屋集団との戦争でも活躍した二人は机の上に両足を上げて、ヒマを持て余していた。青龍刀の背で肩を叩いている康介が口を開く。

「おいっ、洋介よ。本当テメーは愛想の一つもねえよな。でもよ、実際、どう思うよ？」

双子の弟、康介は自分のほうが兄だと言って譲らないが、戸籍上は弟だった。

「何がだ？」

ｉＰｈｏｎｅの画面に目を落とし、木原が仕込んでいるＧＰＳの動きを見ている。木原から連絡が入れば、すぐに現場へと急行しなければならない。

「いやな、実際、ボスも複雑だろうな、と思ってよ。別働隊って言ってもオレたちはよ、殺し専門の暗部だぜ。そこに入るっていくら本人が聞かないとは言えよ、複雑だろうと思ってよ」

「ボスが考えて決めたことだ。オレたちはそれに従うだけだ。それに、それをカバーするのもオレたちの仕事だ」

「チッ、本当、お前は弟のくせに生意気だよな」

奥の部屋から伸びをしながら森田が出てくる。

「うわぁ、眠かね。ボスから電話があったけん、メシ食ったら、有村とかいう記者のところ行って、闇バイトの汚れどもをぶちくらわしてくるわ。室田はまだと？」

「またお前だけ仕事かよ。本当よく寝る豚だな。そんなんだから、ブクブクとでかくなんだよ。関取みてえじゃねえかっ。洋介、オレたちは出番なしか？」

森田は康介の顔を見ようともせず、冷蔵庫をあけると、一・五リットルのミネラルウォーターを取り出した。

「ボスからはさっき連絡があって、ＬＩＮＥが来たら爬虫類屋の外で待機だ。ただ、オレたちの出番はないだろうな」

「チッ、なんだそれ。あぁ、オレもバンコク行って暴れたかったな。で、実際どうよ、森田？　オレと康介がバンコク行って、鬼塚とか言う小僧とやり合ってたら、どうだった？」

一・五リットルのペットボトルのまま、ミネラルウォーターをラッパ飲みしていた森田が口元を太い腕で拭う。

「どげんやろな。お前らも気は狂っとうけど、あいつも相当いかれとるのは間違いなか。死ぬことに恐怖を感じてないタイプくさ」

康介が「フンッ」と鼻を鳴らすと、室田が弁当の入った袋を抱えて入ってきた。

「昼飯、買ってきたぜ」

「遅いっちゃ。パッパパッパッと買って来んとつまらんぞ。んっ？　なんねその顔。なんか文句でもあると？」

弁当の袋を机の上に荒々しく置くと、室田が顔色を変えている。

「おいっ、お前、あんまり勘違いすんなよ。オレはテメーらのパシリでもなんでもないんだからな。ボスに言われてここに来ただけなんだからな」

「ほお、テメーらって、室田、おもしろいこと言うじゃん」

康介が嬉しそうな表情を浮かべている。

「なんね？　お前やると？」

「上等だ！　この野郎」

康介が立ち上がり、机を端に寄せる。

「森田に一万！　洋介は？」

「それじゃ賭けにならん」

室田は気色ばんで叫んだ。

「なんだとテメーら舐めやがって！」

「能書きはいいけん、かかって来んね」

康介が嬉しそうに軍配代わりに青龍刀をかざす。

「見合って、見合って、はっけよい、残った！」

真正面から巨漢同士がぶつかり合ったのだった。

○木原慶次郎

　嫌な予感を感じていたのはいつからだったろうか。暴露系ＹｏｕＴｕｂｅｒが登場し、世論の注目を集めていたときには、まだ何も感じていなかった。動機はビジネスなどではない。しいて言うならば、虫唾が走ったのだ。そういう生き方をするヤツを許せなかったのだ。

「ボスッ！　こいつ見てくださいよっ！　いろんな芸能人の暴露しまくってんすよっ。マジでツボッす！」

　キッチンでＹｏｕＴｕｂｅを観ながら嬉しそうにしている室田のデカいケツを思いっきり蹴り上げた。

「イテッ！　ボス！　ちょっとマジ暴力は勘弁してくださいよ！　ティファニーのカップ割れちゃいますって……」

「やかましい。割れたら弁償したらんかいっ。お前はアホかっ。男と女でも友達同士でも、付き合いしてたら、嫌でも秘密ごとの一つや二つはできるやろうが。それは墓場まで持っていかなあかんことかもしれんし、男同士やったら、ケジメとらなあかんこともあるやろう。お前、ケジメの意味わかるか」

「コレッすか？」

ゴム手袋をしたままで、室田が指を詰める真似をして見せる。

「アホかっ！　それはヤクザのケジメやろがっ。ちゃうわい。許せんことをされたら忘れんと仕返しするいうこっちゃ。何年経とうがな」

そういうと、リビングのソファに腰を下ろして、電子タバコの器具を手に持った。

「それも実際、時間が忘れさそう、忘れさそうとしてきよる。ただな、それでもケジメつけなあかんと決めたことを、ＳＮＳで書き込みしてるヤツみて、お前はどう思うねん？」

「そんなヤツ、最低っすよ」

吐き捨てるように言うと、室田が洗い終わった食器に残った水滴を丁寧にナプキンで拭き始める。

「その暴露系かなんかしらんけど、何が違うねん。手の届かん画面の向こうで、不良もやったこともない人間がマンガで得た不良言葉でツバ撒き散らして、カッコええと思うか」

つけっぱなしにされた室田のｉＰｈｏｎｅの動画から、「ケンカしたんぞっこらあ、ことんまで叩いたるからなあ、覚悟しとけよこらあっ！」と男の喚き散らした声が垂れ流されている。室田が黙ってＹｏｕＴｕｂｅを遮断させた。

「それで、どうやってケンカすんねん。ケンカいう言葉もえらい安なったもんやの。まあこういうアホはパクられたらわかるやろう。シャバやから好き放題言えるんやって。おいっ！　洗い物終わったら、すぐにマッサージ始めんかいっ。サッサっとせえよ、ササっと」

室田が巨大な体躯を機敏に動かし始めると、木原の肩を揉み始める。

「暴露系ＹｏｕＴｕｂｅｒみたいなアホが懲役行ったらどないなるかわかるか？　おお、室田そこや、そこっ、そのツボを全力で押せえっ」

「どうなるんすか？」

指先に力を込めながら、室田がたずねた。

「イジメられるに決まっとるやんけっ。刑務所の中にはインターネットもなければ、携帯もないんやぞ。シャバから鳩が飛んできて、イジメ抜かれるに決まっとるやんけ。逃げ場所いうたら独居くらいや。ただ、そこでも刑務官はおるからの。おいっ、肩はもうええ。寝転ぶから足行こか」

「へいっ！」

もうこのときには、誰にも気づかれず背後関係は調べ尽くしていた。海外から配信されていること。その背後には、特殊詐欺などで日本から国外へと逃亡している詐欺集団の存在があること。というのも、その犯罪グループに密偵を忍ばせていたのだ。そこで浮かび上がってきたのが、一人の男だった。男の名は高野龍之介。その男は、半グレでも犯罪者でもない警察官だったのだ。それも階級は警視。ただそのことは詐欺グループのメンバーにすらバレていなかった。高野が仲間にバレずに日本へと帰国したとき、寄りつく先には、木原はすでにインフォーマの裏部隊を派遣していたのだ。裏部隊とはインフォーマの文字通り暗部である。

もうそのときには、嫌な予感がしていた。高野が自分を恨んでいるという予感。それを突き詰めたときに、たどり着いたのが、河村恭介と愛之介の死だった――。

記憶の中を彷徨《さまよ》っている場合ではなかった。帝国ホテルの近くからタクシーに乗った木原は、何台ものパトカーとすれ違いながら、腰に手を当て軽くつかむ。掌に鉄の塊の感触が伝わってくる。木原には、拳銃を抜くことができなかった。

第9章

○長澤まさみ

長澤が座る編集長席を囲むようにデスクの箱崎、記者の三島と有村、そしてカメラマンの広瀬が立っている。長澤の手には、「独占スクープ！　闇バイト事件の黒幕　ＳＮＳマフィアの実態！」と銘打たれた十六ページに及ぶゲラが握られていた。

「あんたたち、恥ずかしくないの？　これぜ〜んぶ、きぃちゃんよ！　きぃちゃんが編集部名義で書いてんのよ！　はいっ、反省会！　まずは有村から！」

「げっ！」

吐きそうな表情を作る有村に、長澤が眉間に皺を寄せる。

「何が『げっ！』なのよ。あんたね、記者よ、記者、わかる？　取材対象者がカッコいいとか男前だとか金持ちだとか関係ないの！　そんなのは女子アナにでも任せとけばいいのよ！」

「編集長も高野龍之介のことはカッコいいって、言ってたような……」

「ハコさん！　茶々を入れない！　だいたいっ、デスクとしてハコさんがこの子たちにもっと、記者魂を叩き込んでいないから、いつも文句だけは一丁前な記者になるんじゃない」

箱崎が頭をかきながら、「いや、めんぼくないです」と応えると、有村が「女子アナもありか……」と言い出したので、長澤の怒りに再び火がついた。

「有村！」

「げっ、嫌なヤツ……」

「本当、あんたって女は……。で、次は三島！」

三島はキョトンとした顔をしている。

「えっ、オレッすか？　ちょっと待ってくださいよ。あんだけ嫌だって言ったのに、バンコクまで行かされて、また殺されかけたり、また木原さんと組まされたりして、本当大変だったんですよ！　これだって、オレがいたから木原さんも書けたわけですからね。あっ……」

三島は自分で言いながら気がついたようだった。

「そう、木原さんはその戦場の中で、寝ないで原稿を書いて送ってきていたんだよ。書き手としてな。何が言いたいかわかるよな」

箱崎の言葉に三島が頷いた。

「そう、記者はね、書かないと仕事にならないのよ。取材でどんなすごい経験をしても、常に客観的かつ冷静に記事を書き続けないと仕事にならないの。ヤクザの取材したからって、自分がヤクザみたいになった気になっちゃいけないし、政治家や著名人に知り合いができたからって、自分まで偉くなった気になっちゃいけないの。記者はいつも自分の立ち位置を理解して、その上で原稿を書かなきゃ意味ないの。わかった？　はい、じゃあ、次は広瀬！」

そこで、長澤は声を和らげた。

「どうだった？　大変だったでしょう？　きぃちゃんが褒めてたわよ。あいつは根性があるって」

「木原さんに褒められてもなぁ」

「そうそう乱暴、野蛮、関西弁で良いとこないじゃん」

「三島！　有村！　仲良く人の文句言わない！」

三島と有村を睨みつける。

「めちゃくちゃ怖かったですけど、すごく刺激的でした！　本当に有難うございました。

今回のお仕事で写真を撮る大切さを学んだ気がします！　もっと緊張感のある現場を……なんて思って、悩んでましたけど、そういうんじゃなくて写真に撮って残すということを勉強できました！　もう一回、女性誌に戻って、頑張ってきます」

頭を下げる広瀬に、やっぱりまた使ってくださいとはならないわよね、と少し寂しげに思いながらも、長澤は微笑みを浮かべた。同時に大きな巨体をのっそのっそ揺らしながら、編集部員に岩崎が近づいてきた。

「あの、編集長、お取り込み中のところ申し訳ないんですけど、ちょっと良いですかぁ」

「何よ？」

長澤の眉間に皺が寄る。

「いや、風俗の取材してたら、アンナちゃんにハマってですね」

「誰よ、アンナちゃんって？」

「ソープ嬢のアンナちゃんですよ。ちょっとウブな子で、先週、取材はNGだったんですけど、今度は個人的に話を聞こうと思ってるんですけど、現金の持ち合わせがなくてですね。また前借りさせてもらえないですかね」

思わず額に手をやった。ちょっと良いですかって、岩崎にはこれがちょっとでも良さそうな状況なのか判断することもできないのだろうか。それもよりによって風俗に行きたいから前借りさせて欲しいと言ってくる記者がどこにいるのだ。

「あんたねー」

と言いかけたときだった。携帯電話の着信音が響き渡り、三島がズボンのポケットから慌てて、ｉＰｈｏｎｅを取り出した。

「やべっ！　木原さんだ！　今日の朝、迎えに行く約束してたの忘れてた！　編集長、すいません！　ちょっと行ってきますっ！　もしもし、あっ、お疲れ様です！」

三島が慌てて、編集部から出て行ったのだった。


長澤はふと木原と初めて会った日のことを思い出した。あれは兵庫県尼崎市の焼き鳥屋の個室だった。手渡した名刺を見ながら、木原は串に刺さった鶏皮を頬張った。

「長澤いうんか。大変やな、女やのにヤクザなんかの取材させられて。まあ、せっかく東京から尼まで来たんや。遠慮せんと食べや。足も崩しや。オレは堅苦しくないヤクザやねん。ほら、遠慮せんと食べ」

向かい合って座る長澤が慌てて、手を振った。

「いえいえ。わざわざ取材を受けていただいてるので、ここはわたしのほうでお支払いはさせていただきますので、どうぞお構いなくお召し上がりください」

「何を言うてんねん。オレはヤクザやってんねんで。女に銭出さすわけにはいかんやろう。かまへんから、食え食え。ここの手羽先うまいで」

「木原さん、やはりそれはヤクザの美学的に女性に奢らせないという考え方なのでしょうか？」

木原は目の前のジョッキを傾け、「おばちゃん！　生おかわり。それと手羽とおしぼりも持ってきたってっ」と言ったあとに、また鶏皮を頬張る。

「美学？　ないない、そんなもん。少なくともオレには一切ないな。オレははっきりと口にするほうやから言うとくけど、ブスには滅法手厳しい。姉ちゃんがブサイクやったらはろてもうてる、てか、帰るな」

どこまでが冗談でどこまでが本気なのか長澤にはわからなかった。

「鶏皮、お好きなんですか？　尼崎の名物でしょうか？」

三本目の鶏皮の串に伸ばしかけていた手をピタリと止めた。

「ないな、尼崎に名産みたいなもんはない。そもそもオレは焼肉が好きやねんけど、ヤクザも暴排条例で冷え切ってもうてるから、仕方なく焼き鳥を食べて我慢してんねん。あ、ここ、めえいっぱい書いてかまへんで」

書けるか！　と内心で突っ込みつつ、広げたノートにボールペンを走らせる。

「ヤクザになられた動機なんてお聞きしてもよろしいでしょうか？」

「無理矢理やな」

「へっ？」

「だから無理矢理、カタにハメめられたみたいなもんやな」

長澤には、なんと返せば良いかわからなかった。

「では、ヤクザは必要悪とお考えでしょうか？」

単純明快だった。

「悪に必要なんてないやろう」

ダメだ、この男では取材にならない。少なくとも長澤には記事化できる自信はなかった。

「ただな、長友」

「長澤です…」

「細かいこと気にすんな。ヤクザがあかんいうことは小学生かて、知ってるやろう。それを覚悟してなるのがヤクザなんや。生き方いうよりも考え方やわな。たとえば、そのへんのヤクザよりカタギのほうが銭を持っとるわ。それでも気持ちで負けてへんねん。オレはヤクザやってるって気持ちが、全部の概念を打ち消す……らしいのっ」

なんだ「らしいのっ」って……。この男は本当に組員なのか。それとも自分が女だから遊ばれてるのか。そこに生ビールが運ばれてきた。

「はい！　生いっちょ、それと手羽先とおしぼりね。しかし、今日はえらいべっぴんさんつれて。新しい愛人さん？」

「まあな」

「違います！」

慌てて、否定する長澤を見て、木原も灰皿を交換しているおばちゃんも笑っている。これは関西人独特のノリなのだろうか。長澤は一気に関西人アレルギーに汚染された。だが、木原は口元を拭うと表情を変えた。

「長澤、どうや編集長なってみたいか？」

何を言っているのか長澤には理解ができなかった。

「そりゃまあ、出世しないよりは出世したほうが……」

「よっしゃ、わかった。オレがナンバー1にしたる。ウチの組は今月で解散する。親分が引退しはるんや。これはどこにも漏れてない。書いてかまへんぞ」

「ほ、本当ですか……。というか、ナンバー1って、キャバ嬢じゃないんだけど……」

紙タバコに手を伸ばすと、口に咥えたままで話し続けた。

「そうや。キャバ嬢になってもらわなあかんときもあるかもしれん。その代わり、オレに協力せえ。ほんなら、オレが週刊タイムズの女編集長になれるようにしたる」

そう言うと、木原はタバコに火をつけた。えらく不味そうにタバコを吸うのが印象的だった。刹那的とも違う。常に何か凄いスピードで考えているような、目の前にいると、冗談を言いながら、頭の先ではもっと先のことを考えていることが伝わってくるのだ。いったいこの男は、どこを見ているのだろうか。いつの間にか、握りしめたボールペンが止まったままになっていた――。


誰もいない編集部。昼間の慌ただしい喧騒がウソのように静寂に包まれている。長澤はカバンの中から栄養ドリンクを取り出し、一気に飲み干すと、チカチカする疲れ目に目薬をさした。あのときは、木原の言うことがまったくって言っていいほど、信じられなかった。

「だけど、きぃちゃんの言う通り、編集長になっちゃんだよな。さあ、残り三十ページ。朝までに終わらせるぞ」

そう言うと、長澤はキーボードを叩き始めたのだった。

○鬼塚拓真

椅子に腰掛け、ガラスケースに入った爬虫類に目をやりながら口を開いた。

「おっさんも爬虫類みたいな顔してんな。で、今すぐパスポートは用意できんのかっ」

薄気味悪い笑みを浮かべながら、爬虫類顔したおっさんが応えた。

「いましゅぐだと、ちょっと値段が高くちゅきますよ」

滑舌のすこぶる悪い声の間から、階段を上がってくるヒールの足跡が紛れ込んでくる。

鬼塚は椅子に座ったままで振り返った。爬虫類屋の二階に上がってきたのは二階堂だった。

「自分からオレの前に姿見せるとは、お前はよっぽど、血の償いがしたいみたいだな」

二階堂はそれに応えず、鬼塚の前にある椅子に腰を下ろすと、爬虫類顔の店主に向かって首を振ってみせた。店主が慌てて、階段を降りていく。そういうことか。ここに鬼塚が訪れるということもお見通しというわけか。

「少しだけ聞いていいか。オレは今まで誰も信用してきたことがない。そんなオレが唯一、信用したのがお前だ。どうして、お前は龍之介についてオレを裏切ったんだ？」

だが、不思議と怒りのようなものはなかった。裏切ったものには血で償わさせてきた鬼塚にとって、不思議な感覚だった。

「裏切ってなんかいないわ」

二階堂は細いメンソールのタバコに火をつけて、紫煙を細く吐き出した。

「何？　どういう意味だ？」

二口だけ吸ったタバコを灰皿に軽く押し付ける。

「言葉通りよ。アタシは初めからあんたの味方でもなんでもないのよ。二階堂でもクロスでもない。インフォーマの別働隊。木原慶次郎の娘、木原いつきよ」

そう言って立ち上がった二階堂の手には、サイレンサー付きの拳銃が握られていた。すべてが、鬼塚の頭の中で繋がった。二階堂がインフォーマの一員だと撃ち殺した男、木原らとのバンコクでの乱闘。木原は二階堂の蹴りを顔面に受けてよろめいたものの、反撃のようなものは見せなかった。大男も二階堂に絞め落とされたはずなのに、すぐに立ち上がって逃げて行った。そういうことだったのか。

初めて人を殺したのは、十六歳のときだった。中学を卒業すると、そのまま不良を続けたければ、地元の半グレに入るという掟があった。同級生の片岡も杭瀬も先輩たちに言われるがままに、地元の半グレチーム「ヤンキース」に入ったが、鬼塚だけは誰かに支配されることが我慢できなかった。そんなことよりも、単車をいじって、街中を自由に走り回ることを好んでいた。

家庭環境はクソだったが、そんなことを気にしたこともない。やりたいことをやるというのが、鬼塚のスタイルだった。それを咎めるヤツがいれば、誰にだって牙を剥いた。

「いいよな、拓真は先輩たちにも、なんにも言われねえし、自由にできてさ」

ボロアパートの下で単車をいじっていると、片岡と杭瀬が顔を覗かせた。片岡の言葉に、杭瀬が頷いた。

「だよな。拓真には上のヤツらも、なんも言えねえもんな。せめて荻野くんさえいなければな……」

荻野とは、鬼塚たちよりも六個上の先輩で、オヤジがヤクザの幹部だった。

「なあ、拓真、荻野くんに話してくれよ。マジ、金集めとかキツくてさ。さすがの荻野くんも拓真には、何も言えねえじゃん」

友情とかそんな感情はそもそも鬼塚になかった。片岡は調子の良いヤツだった。中学時代から、人にけしかけるだけけしかけておいて、いつも自分だけが助かろうと考えるタイプだった。

「杭瀬、お前もチーム抜けたいのか?」

単車に跨り、杭瀬の顔を見た。コクリと頷いた。鬼塚にすればただの暇つぶしだった。

「荻野を呼び出せよ。話なんてつける必要はねえ」

片岡と杭瀬の顔がパッと明るくなった。

「なんだテメーら！　下っ端の分際で誰を呼びだしてんだ、あっ?」

二人の配下を連れた荻野が店内に怒鳴りながら入ってきたが、だるそうに座ってる鬼塚を見て、表情を変えた。

「なんだよ、拓真も一緒かよ」

言い終わらないうちに、テーブルの下に隠し持っていたハンマーを荻野の脳天に叩きつけた。頭から血を吹き出して荻野がうずくまった。後頭部を押さえる姿を見下ろした。

「おい。ごちゃごちゃやかこしい話はいらねえ。こいつらチームから抜けさせてやれ。いいな」

「う…う…テ…テメー…この野郎…オレにこんなことしてタダで……ぐぉっ」

後頭部を押さえながら、睨みつけてきた荻野の腹を蹴り上げた。

「わかったのか、わからねえのか聞いてんだよっ、あ？」

荻野の両隣の二人は、顔を硬直させて固まったままだ。再び、ハンマーを振り上げる。

「わぁっ！　わっあったっ！　わかったよっ！」

振り上げたハンマーを下ろして腰に差した。帰り道、調子の良い片岡は大騒ぎしていた。

「やっぱ拓真はすげえ！　いっそのことオレたちでチーム作って、ヤンキースごと潰しちまうかっ」

「拓真は気合いが違うよっ！　でも、萩野くんのオヤジさんってヤクザの幹部だろう。仕返しとかされねえかな」

はしゃぐ片岡と杭瀬。たが、杭瀬のほうは不安気な表情を浮かべていた。

「ヤクザだろうがなんだろうがオレには関係ねえ」

死ぬことにも生きることにも大して興味はなかった。どうせクソみたいな世の中だ。だったら好きなように生きてやる。

「拓真の言う通りだぜ！　何を心配してんだよ、杭瀬！　オレたちはヤクザなんて上等だぜ！」

次の日だった。ボロアパートに真っ赤なＣＢＸ４００Ｆソリッドを停めた瞬間、後頭部に激痛が走った。そのまま物陰に潜んでいた男たちにトランクの中へと放り込まれた。

向かった先は、廃墟となった鉄工所だった。片瀬と杭瀬が視界に入った。二人とも顔をボコボコに腫らして、正座をさせられ泣きじゃくっていた。

鉄パイプを持った男が、鬼塚を見た。

「クソガキっ！　子供のケンカに親が出てきてやったぞっ。ウチの息子は全治不明の大怪我じゃ！　どうケジメつけるんだ！　おうっ！」

目の前で正座させられていた杭瀬が蹴り上げられる。萩野のオヤジが鬼塚の前にくると、鬼塚の髪の毛を掴み上げ、嗚咽を漏らして泣きじゃくる片岡を振り返った。

「おいっ！　こいつがヤクザ上等とか抜かして、お前らが嫌がってたのに、ウチの息子を汚い手口で誘き出して、隠し持ってた道具で頭をカチ割ったんに間違いないんだな？」

「はいっ！　ぼくたちは…無理矢理…で、萩野くんには……可愛がられていて…拓真には逆らえなくて。本当に…すいませんでしたっ！」

「このガキだけはヤクザ上等だと、生活保護の汚れの貧乏人のボンクラ息子がっ！」

萩野のオヤジの鉄パイプが鬼塚の顔面にフルスイングされ、周りの組員たちから、怒声を浴びせられながら、殴る蹴るを延々と繰り返された。どれくらいの時間がすぎただろうか。血まみれにされ、鉄屑だらけの床に転がっている鬼塚にツバが吐きかけられた。

「ヤクザ舐めたらいかんぞ、わかったか。クソガキがっ。三日だけ待ってやる。強盗してでも五百万持ってこいっ！」

萩野のオヤジたちが背を向けて歩き出す。鬼塚は全身に強烈な痛みを感じながらも、立ち上がっていた。

「ヤクザってやっぱりこんなもんかっ？」

「なんだとっ？」

萩野のオヤジが振り返ったときには、鬼塚はポケットから抜き出したナイフを握り、身体ごと腹のど真ん中に突き刺していた。

「何やってんだ！　このクソガキっ！」

「兄貴！」

「このボケがっ！」

気がついたときには、病室のベッドの上だった。二人の刑事の顔があった。そこで殺人の逮捕状が出ていることを告げられたのだった。

少年院から仮退院後、悪びれもしない片岡の顔があった。そして杭瀬の顔も。

「拓真！　ヤクザに面倒を見てもらってるキャッチの連中がイキがってんだよ！　やっちまおうよ！」

いつも厄介ごとを持ってくるのは、片岡でそのたびに不安な顔を作っていたのが、杭瀬だった。ボロアパートの二階で鬼塚は片岡と杭瀬を見て吐き捨てた。

「どいつもこいつもよ、困ったときだけ頼ってきやがって、見てみろよ、このボロアパート。終わってんじゃねえかっ」

「拓真……もうやめようぜ…これ以上、ぐおっ」

口を開いた杭瀬を蹴り上げた。

「何をやめんだっ！　テメーらがヤクザなんて上等だって言ってたんだろうがっ！　あぁ？　いまさら何をやめんだっ！　言ってみろ、こらっ！」

「…もう…終わりなんだよ…」

蹴り上げられたままの体勢で、片岡が漏らすような声を出した。

「何が終わりなんだ、この野郎っ！」

腰に差していたナイフを抜き取った。

「ちょっとやめろよっ！　拓真、もうオレたちついていけねえよっ！」

杭瀬が立ち上がる。幼稚園からの幼馴染だった杭瀬が言い返してきたのは初めてだった。

「おい、こら、杭瀬、テメー、誰にっ」

衝撃音と怒声が同時にボロアパートの室内に雪崩れ込んできた。視線の先、玄関をぶち壊して、制服の警察官が突入してきた。咄嗟にベランダに背を向けようとした瞬間、杭瀬が鬼塚の腰を目掛けて、突っ込んでくる。

「このカスがっ！」

瞬時に杭瀬を交わすと、その頬を目掛けてナイフを振り下ろし、ベランダに向かう。迷うことなく飛び降りた。足に激痛が走るが、折れてはいない。体勢を立て直して、走り出そうとして視線を上げれば、私服の刑事たちが立ちはだかっていた。後方からは制服を着た警察官が迫る。そのときだった。轟くような爆音が響き渡ると、立ちはだかる刑事たちの列に穴が開き、そこからバイクが現れた。

「乗りな」

鬼塚がＣＢＸ４００Ｆの後部シートに飛び乗った。道を塞ごうとしていた警察官たちに、ＣＢＸが突っ込んでいく。慌てて、左右に避難する警察官。すぐにパトカーのサイレンが鳴り響いた。いつの間にか、先ほどまでの苛立ちは払拭され、軽い興奮を覚えていた。通りすぎてゆく街並み。絶体絶命のはずなのに、鬼塚は心のどこかで悪くはない感覚を覚えていたのだった。

東京港まで着くと、もうパトカーのサイレンも聞こえない。フルフェイスを被り、ＣＢＸ４００Ｆを運転していたのは、目鼻立ちの整った女だった。

「なんでオレを助けた？」

フルフェイスを脱いだ女は無表情に応える。

「あんた、助けてもらってて、何よそれ。お礼の一つも言えないの？　そんなだから幼馴染にも見捨てられるのよ」

「なんだと、こらっ、ぶち殺されてえのか」

「やってみなよ」

女が歩を進めた鬼塚に対して、腕を上げて構えた。鬼塚は思わず吹き出していた。

「何がおかしいのよっ、女だからって舐めてると後悔するわよ。それとも悪党のクセに、女、子供には手は出さないとか言うんじゃないでしょうね」

「当たり前だ、バカやろう。カスでもゴミでも女と子供には手は出さねえんだよ。おいっ、タバコ持ってっか？」

女がセブンスターのソフトを差し出す。

「かぁ、こんなきちいタバコ吸ってんじゃねえよ、せめてメンソールだろうがっ」

「あんた、いちいち文句ばっか言ってんじゃないわよ。逃亡者のクセにっ」

咥えたタバコに女が火を灯す。

「お前、名前は？」

セブンスターのタールの重みが喉を刺激する。だが悪い気分ではなかった。忘れた感覚だった。中学生の頃だろうか。こんな悪くない感覚を覚えたことがある。同じクラスメイト。確か名前は二階堂だったたか。

「二階堂よっ」

心臓が激しく波打つ。

「マ、マジで?」

「なんで、そんなに驚いてんのよっ」

まだ終わってはいないかもしれない。好きで選んだ裏街道だ。後悔なんて文字はとうの昔に捨ててきた。虐待されて育ったから、家が貧しかったから、グレたわけではない。すべて自分で選んで進んできた道だ。戻してやると言われても、戻るつもりもない。

「共犯だな…」

「えっ? なんだって?」

「オレがパクられたら、お前も共犯だなっ」

無感情だった二階堂の表情に初めて感情が宿った。

「ほんと、あんたって最低な男ね。あんた捕まったら良くて無期、悪けりゃ死刑よ。その寿命を延命してくれた命の恩人に向かって、チンコロ。ほんとないわ」

セブンスターのヤニクラに支配されて、軽い眩暈《めまい》に襲われるが、どこかで二階堂との会話を楽しんでいた。

「で、これからどうすんのよ。あんた、みんなに見放されちゃったんでしょう?」

海を眺めながら、短くなったセブンスターを指で弾き飛ばした。

「いつかこの海の向こうに渡って、誰かにぶち殺されるまで好きなように暮らすのも悪くない。ただ、それまでの間は、オレを死ぬほど恐れてる後輩が不動産屋で働いてるから、空き物件を転々として暮らすか、まあ仕方ねえな。お前はどうすんだ？」

言葉にして自分でも驚いていた。さっき会ったばかりの女にどんな返事を求めているというのだ。

「どうもしないわ。わたしは退屈が嫌いなの。あんたといると、退屈だけはしなさそうね」

振り返って、二階堂の顔を見た。視線が交錯する。

「ちげえねえや。運転代われや。久しぶりに単車に乗んのも悪くねえ」

「ちょっとあんた事故んないでよっ」

後ろに二階堂が跨り、鬼塚はCBX400Fのセルボタンを押す。息を吹き返したかのようにCBXが鼓動していく――。

「ハッハッハッハッ、お前にだったら、ぶち殺されるのも悪くないもんだな」

プシュッという音が鼓膜をついたかと思うと、鬼塚の視界が回転していき、記憶が遠のいていく中で、「二階堂って名前まで調べあげられていたのか……」と思ったときには、もう何も感じることはできなくなっていた。

第10章

○木原いつき

トリガーに手をかけたとき、あの日の出来事が頭に浮かんだ。

「あんたさ、あたしのこと好きなの？」

あれはバンコクに行って間もない頃だった。インフォーマは不要な言葉を口にしてはならない。なのに、あの日はなぜか鬼塚に気を許してしまった。もちろん鬼塚のことは、接触するまでに、すべてインフォーマのインベスティゲイト部門が調べあげていた。初恋は中学二年のとき。相手は二階堂かなというクラスメイトで、ＣＢＸ４００Ｆを何よりも大事にしていたこと。全部、偶然ではなかった。つまり、鬼塚の好みのタイプを演じていた。それゆえ、「好きなの？」と気を引いてみたつもりだった。

鬼塚はタイ式のコーヒー、オーリアンを飲みながら、軽く笑った。

「バカッ、女になんか興味ねえよ。というか、お前、バカ強すぎなんだよ。吸うか？」

そして、大麻を差し出してきた。

「バッカじゃない。女の子に大麻、すすめる男がどこにいんのよ」

計算通りの会話だった。そして、おかしそうに笑うと、大麻に火をつけて立て続けに吸い込み、むせ込み始めた。

「オレんちって、クソでな。母親はあばずれの生活保護者で父親が誰かもわかんねえ。今の時代に珍しいくらいの貧乏だった。ガキの頃から、たった一回もおもちゃなんて買ってもらったこともなければ、誕生日を祝ってもらったこともなかった。だからって、そんなことはどうでもよくてよ、そのときからオレは、世の中に平等なんてない、底辺から力でのしあがってやるって、決めてたんだっ。小二だぜ、そんとき。すげえガキだろう」

そんなことは調べ尽くしていた。そこに感傷的になるようこともなかった。インフォーマの裏部隊はときに殺しまで請け負うこともある。それだけに、精神的にも肉体的にも死線を越えて鍛え抜かれる。そして生き残った者だけが、別働隊として認められる。なのに、なぜか会話を続けてしまった。

「勉強でもすれば良かったんじゃないの？」

そうすれば、鬼塚と少なくともこんな出会い方はしていなかったはず。

「どっかで教科書を置き忘れてきちまった」

たまに鬼塚は、こうして少年のような笑顔を見せる。

「もしも、お前ともっと早く出会ってたら、普通に働いて、仕事して、お前と家庭でも持ってたりしてたな」

そして、普段の言動からは想像もつかないようなはにかんだ表情を見せることもある。

「いやよ。あんたと結婚なんて」

「ハッハハハハ、バーカ、もしもだよ。オレだってお前みたいなケンカのくそ強ぇえ嫁はんなんて、怖えよっ」

意外な鬼塚に接したせいかもしれない。余計なことを口走ってしまいそうになった。

「あんたさ、もしもわたしが……」

そこで言葉を切った。インフォーマは不要な言葉を口にしてはいけない。まして自分は任務中だ。GPSが仕掛けられていて、どこかに盗聴器が仕込まれている。今こうして話している会話も居場所も他の別働隊がオンタイムで把握している。

「もしも、なんだよ？」

「ううん。なんでもない。そろそろ時間よ。モンスターが日本から身体検査が終わった幹部候補を連れてくる時間よ」

モンスターが連れてくるのは、鬼畜のような罪を犯し、暗殺命令の出ている日本人だ。

そいつがインフォーマの一員だとウソをつき、撃ち殺して、鬼塚にインフォーマの存在をインプットさせることも、すでに決まっていたことだった。

「モンスターか……。あいつは多分、犬だろな」

鬼塚はモンスターがいずれ自分を裏切ることを勘付いているのか。それとも初めから利用するために近づいてきたことも本能で感じているのか。

「わたしもあんたが言う犬だったら？」

視線が交錯して、あんたは確かにこう言っていた。

お前にだったら、ぶち殺されるのも悪くねえかもな——。

○三島寛治

河村家と書かれた墓の前で木原は黙って手を合わせ続けていた。三島も同じように目を瞑り、手を合わせた。しばらくして目をあけても、木原はまだ手を合わせている。

「パパッ！」

その声に木原が目を開けて振り返り、三島も振り返った。

「やっぱり、パパにポンコツくんだ」

視線の先には、ナナが笑顔で手を振っていた。

「おう、ナナ。久しぶりやの」

「ナナさん！　お久しぶりです」

木原が立ち上がり、三島はナナに向かって頭を下げた。

「ＳＮＳマフィアとか闇バイトとか怖いニュースばっかり最近多いから、またパパが来てるんだろうなって思ってたら、やっぱり来てたんだね。ポンコツくんも元気してた？」

「聞いてくださいよ、ナナさん、イテッ！　もうっ！　木原さん、痛いですって！」

蹴られた尻を抑えながら、木原を睨みつけた。

「何が、『聞いてくださいよ』やねん。気持ち悪い声出すな」

「二人とも全然、変わってないねっ」

と言いながら、クスクスッとナナが笑ったのだった。


墓参を終えて、ハンドルを握る三島が助手席で偉そうに足を上げてふんぞり返るように座る木原を見た。

「やっぱり書かなかったんですね」

「何をやねん」

木原が面倒くさそうに問い返す。

「モンスターが高野龍之介だったことですよ」

助手席の椅子を全開に倒し、目を瞑ったままで口を開いた。

「世の中には知らんでええこともたくさんある。暴露みたいなもんもそうや。情報屋いうのはな、世の中に発信するばっかりが仕事とちゃうんじゃ。それ以上に封じ込めんのが大事なんや。それに龍之介のことを悪う書いてみ。あいつらは血の繋がった兄弟や。あの世に行ったときに、河村や愛之介に顔向けできるかい」

そこまで話すと、木原のｉＰｈｏｎｅが鳴り響いた。

「おう。終わったか、よっしゃ。でも、お前もまだまだやの。なんやあの蹴り、キムも気絶したフリすんの大変やった言うとったぞ」

あの蹴り、キム、気絶したフリ……バンコクの乱闘のことか。

「木原さん！　いったいどういうことっすかっ！」

「こらっ！　ポンコツ！　危ないやんけ！　いきなり引っ張んな、ボケっ！　今、教えたったばっかりやろがっ！　世の中には知らんでええことがあんねん」

「何を言ってんすかっ！　あんな怖い思いしたんすよっ！　教えてくださいよっ！　というか、誰なんですか？　電話の相手……」

「こらっ！　お前！　前や前や、前を見んかいっ！」

軽四が対向車線にはみ出しかけ、大型トラックに豪快なクラクションを浴びせられたのだった。

○相田

事務所に飾られた額縁には先代組長である滝澤の写真が収まり、その横には紋付袴姿の自分の写真が並んでいる。相田は緩みそうになる頬を引き締めた。組長室のノックが3度鳴らされる。

「おうっ！　入れ」

「失礼します」

と言いながら、二代目滝澤組で若頭に座らせた大久保が入ってくる。

「組長、よろしいでしょうか？」

「組長」と呼ばれ、また頬が垂れ下がりそうになる。二年前、滝澤が三人組の殺し屋に殺されたときは、仇をとることで頭がいっぱいだったが、その仇もこの手でとり、ようやく本家から先月、二代目を名乗ることを許可された。晴れて、二代目滝澤組組長に就任した相田は、「組長」という響きに、うっとりせずにはいられなかった。

「すまん！　カシラもう一回だけやり直してくれ、なっ！　これで最後だ、なっ！」

大久保が呆れた声を出した。

「オヤジ、いい加減にしてくださいよっ！　これで四回目ですよ。ダメです！」

融通のきかないヤツだ。親が「やれ」と言えば、十回でも二十回でもやればいいのだ。それがヤクザではないのか。大久保に若頭は早すぎたかと思いながら、相田は不機嫌そうな顔を作った。

「チッ、で、いったいなんだよ」

「六車のヤツらが集まってるようなんです。この前の爆破事件といい、六本木の乱闘騒ぎといい、ぜってぇ、なんか起きてますぜっ」

「なんだと？　六車のクソ半グレどもが集まってるだとっ。人のシマで爆破事件まで起こしやがって。いったい、誰の仕業だ？　これもまたＳＮＳマフィアとかいう輩どもの仕業じゃねえだろうな？」

「詳しいことはわかりません。ただ、またインフォーマがどうとかこうとか歌舞伎の人間らは口にしてます」

「なにぃ？　インフォーマだと？　またあの情報屋、木原の野郎か」

ここ最近、連続強盗事件や闇バイトによる強殺など、キナ臭い事件が続いている。先週なんて、滝澤組の縄張りにある焼肉屋で爆発が起こり死人まで出ていた。滝澤組の二代目を継承し、初めて出席した本家の定例会でもそのことが議題に上がり、本家執行部の一人から早速、叱責を受けたばかりだ。

「おいっ、相田。お前とこのシマはどうなってんだ。六本木の乱闘は六車連合会の仕業という話じゃねえかっ。お前のところで、今度は爆破事件まで起きた。六車の連中を好き勝手にさせているからじゃねえのか。いったい、お前は何やってんだ。夜の八時には家帰って風呂入って寝てんのか。えらく滝澤も二代目になって大人しく成り下がりやがったな。お前に二代目は早すぎたか」

何を言ってやがる、遅すぎたくらいだ。オヤジの仇を討ったのは自分だ。それなのに、古臭いジジイども、古参の直系組長たちが、相田が滝澤の二代目を継いで直系組長になるのは、早すぎるとかなんとか言い出したのだ。結果、二年近くも組長空席のまま、滝澤組は本家の預かりになっていたのだ。

「へいっ、すんません。すぐに綺麗に掃除します」

頭を下げたが、内心で相田は毒づいていた。これもすべて六車連合会のせいだ。縄張り内に、一本独鈷の半グレのような連中がいるお陰で、相田の組長としての素質が疑問視されてしまっていたのだ。

「軽四に乗ってる木原を見たと言ってるヤツもいます」

若頭の大久保の声に現実へと舞い戻る。やはり木原が来てやがる。木原に六車連合会、自分の出世を邪魔する巨大悪でしかない。

「舐めやがってあのタコ助ども。よし、こうなりゃ、木原や六車よりも先に、ＳＮＳマフィアを見つけ出して、オレが成敗してくれるわ。おいっ、カシラ、すぐに全員に集合をかけろ。今日から歌舞伎でＳＮＳマフィア狩りだ！　出遅れんじゃねえぞっ！」

「へいっ！」

大久保が組長室をあとにする。木原の野郎にもこれ以上、歌舞伎町で好きなことをやらせるわけにはいかない。この際、歌舞伎から叩き出してやる。相田は席を立ち、神棚に向かって、柏手を打つとケンカ支度を始めたのだった。

○クズオ

クズオを中心とした六車連合会の面々が肩をいからせて、歌舞伎町のど真ん中を闊歩している。ただ、一人だけクズオの横で、室田は肩を落としている。

「マジ、やべえよなっ。電話で一瞬、ボスのこと疑ってるような空気出しちゃったんだよ。あの人、こまけえことにすげえうるせえ人だから、また尼崎行きだよ」

「いいじゃねえかよ、尼崎で六車の関西支部でも作ってくりゃよ」

「だったら、代わってくれよ！　頼む！　自分から志願してくれ！　ボスに尼崎で修行させて下さいって！　名乗り出てくれよ！」

「バーカ。死んでも嫌に決まってんだろう」

「なんだ、それっ……」

すっかりうなだれた室田だったが、前方から歩いてきてる集団を見て、急に目の色を変えた。前方から歩いてくるのは、滝澤組の面々だった。肩をいからせて真ん中を歩く男、相田がドスの効いた声を出した。

「いいか、テメーら！　SNSマフィアとかいう連中、見かけたら、懲役覚悟でいわしちまうんだぞっ！　いいな！」

相田の声に「へいっ！」とドスの効いた声で返事をする滝澤組の組員たち。

「バッカじゃねえの。SNSが歩いてるわけねえだろうがっ。このおっちゃんたち、SNSの意味も知らねえんじゃねえの」

クズオの言葉に、六車連合会の一同は大爆笑する。

「こらっ！　半グレ集団！　こっちはな、出番がなくて、ウズウズしてんだよっ！　どうせ、またこの騒動には木原が噛んでんだろうがっ！　木原はどこ行ったんだよっ！　呼んでこい、こらっ！」

「知らねえよ。ばバーカ。こっちだって、一回、クラブに呼ばれて暴れただけでフラストレーションが溜まったままなんだよ。なんだったら相手してやろうか！」

「なんだと、この野郎！」

相田たち滝澤組の組員たちと、歌舞伎のど真ん中で、言い争っていると、フライドチキンを頬張る巨漢が別の方向からやってくる。

「雑魚どもがどかんね。通れんやろがっ」

相田がすかさず反応して見せる。

「テ…テメーはあのときの……キム…」

「あのときっていつね。キムって誰ね。オレは博多出身の森田ばい」

「ウソつくんじゃねえよっ！　このエセ博多弁がっ！」

本当にあのキムなのかとクズオたちが呆気に取られていると、頼りない軽四のクラクションがプッと鳴らされて、クズオたちも相田たちも道をあけた。

「邪魔じゃ！　邪魔じゃっ！　どかんかいっ！」

助手席から叫ぶ男、木原だった。なんて、軽四が似合わない人なんだと思うと、クズオの顔には自然と笑みがあふれた。

「ご苦労様ですっ！」とお辞儀をしながら、軽自動車を追いかけた。

「あっ！　木原！　待て、この野郎！　ＳＮＳマフィアはどこにいんだよ、こらっ！」

振り返ると、相田が叫び声をあげ、キムと瓜二つの森田と名乗る博多弁が木原に向かって、フライドチキンを持ちながら、お辞儀をしている。やっぱりあれは他人の空似か、と思いながら、クズオは首を傾げると軽四を追いかけたのだった。

○三島寛治

バックミラーを見ながら、嬉しそうな表情を浮かべている木原に目をやった。

「ちょっと木原さん！　みんな追いかけてきてますよっ！　止まりますか？」

「ポンコツ、お前はほんまボケやの。このまま尼まで送ってったらんかいっ」

「ちょっと待ってくださいよ！　毎度、毎度、新幹線か夜行バスで帰ってくださいよっ！無理ですって。この車だと往復15時間ですよ！」

「ほう、15時間か。運転しながら15時間やったら、オレやったら二万文字は書けるの」

運転しながら、木原は原稿を書けるというのか。

「マジっすか」

マジマジと木原の顔を見た。やはりインフォーマは伊達ではないのだ。

「あほか！　書けるかいっ！」

まったく笑えない。これでコンビは解消だ。三島は左手で顔を押さえながら、木原を送り届けた瞬間に、また着信拒否しようと固く誓ったのだった。

○木原いつき

父が普通の人ではないと意識したのは小学校一年生になったときだった。それでも、いつきは、気づいていないフリをしていた。

「パパのはタトゥーと違うねん。パパは強いから赤い竜が突然、身体に浮かび上がってきてん！」

まだ父とお風呂に一緒に入っていた小学校低学年の頃、手首まで入った刺青を、いつきにそう言い聞かせていた。いつきは、いつも「パパ！　すごいやん！」と驚いてみせていた。それが刺青であることを知っていたが、それを口に出してしまうと、父が寂しそうな顔をするであろうことがなんとなく、理解できていた。

「でもな、いつき。パパがほんまは凄いっていうことを、絶対に学校で友達や先生に言うたらあかんで」

なぜだが、わからずに、いつきはたずねた。

「なんでパパが凄いって言うたらあかんの？　かすみちゃんのお父さんは社長さんやっ

て、いつも自慢してるで」

父は目を瞑り、首を振った。

「あのな、ほんまに凄い人は自分で凄いなんか言わんから凄いねん。仮面ライダーとかウルトラマンが、オレ仮面ライダーやねんとか、ウルトラマンやとか言うてるか。誰にも正体バレてへんやろう。それとおんなじで、誰にもバレたらあかんねん。ただ、いつきが困ってるときは、パパは誰にもバレへんように変身する。だから、絶対にパパの正体は学校で言うたらあかんで、ええな」

「うんっ！　わかった！　絶対にいつきは言わへん」

幼心に父はうまいたとえをするな、と感心したのを覚えている。ずっといつきは父との約束を守り続けた。だけど、小学校三年生のときだった。すごく仲の良くなった大好きな保健の先生に、打ち明けた。

「先生だけに秘密を教えてあげる。パパは本当はむちゃくちゃ凄いねん！　刺青も入ってて、凄いえらいねんで！　部下もいっぱいいいてな、悪者を退治してんねん！　でも、いつきのパパが本当は凄いって、先生、誰にも言わんとってな！」

若い女性の保健の先生は、優しい笑顔で頷いた。指切りもした。なんだか大好きな先生だけに、秘密ごとを打ちあけることができて、嬉しかった。

だけど、その日の夜、目が覚めると、リビングで母が父をなじる声が、いつきの寝室にまで聞こえてきた。

「いつきは女の子やねんで！　喋るに決まってるやんかっ！　保健の先生に今日、呼ばれて、いつきちゃんが、『誰にも言わんとってな』と、こんなことを言うてきましたって、言われてんで！　自分が今までやってきたこと考えや！　もしもそれをいつきが知ったらどうするんよっ！」

父の声は聞こえなかった。ただ一言だけ「いずれわかることちゃうんか……」とボソリと呟いた言葉だけは聞き取ることができた。

次の日から保健の先生とは、一切、口を聞かなかった。保健の先生だけではない。担任の先生にも友達にもいらないことは、口に出さなかった。

小学四年生のある日、学校から帰ってくると、父の姿がなかった。夕食のとき、母に「パパは帰ってこうへんの?」と恐る恐る尋ねると、それには応えず、「早くご飯食べなさい」とピシャリとはねつけられた。

それから父と再会するのは十年以上経ってから、大学を卒業した年のことだった。しばらく顔を見ていなかったが、ファミリーレストランの奥の窓際の席に座る父を一目で認めることができた。

「大きなったな。どうや、オカンは相変わらず、うるさいか」

と言いながら、父は苦笑いを浮かべた。

「パパがインフォーマなんやろう」

父は何も答えず、目の前のコーヒーカップに手を伸ばすと、一口含み視線を外したままで、こう言った。

「いつき、世の中には知らんでええことがある。それは知らんままでええねん」

ムッときた。どれだけ父が忽然と姿を消して、寂しい思いをしてきたか、まったくわかっていない。

「パパ、言うとくけど、いつきはパパの子やで。やりたいように生きるし、パパに、とやかく言われる筋合いはないで。いつきも正義の味方になる。大学で心理学も研究してきたし、空手も黒帯やねん。いつきもインフォーマになる」

父が口に含んだ珈琲を吹き出した。

「と、突然、お前、な、何を言い出すねんっ、ちょっと待たんかいっ！」

狼狽する父を見ながら、いつきは立ち上がった。

「パパ！　いつきは凄いねんで。パパよりもな！」

それだけ言うと、いつきは背を向けて、ファミリーレストランをあとにしたのだった。

そんな父に本気で怒鳴られたのは一度きりだ。インフォーマの裏部隊に入ると言ったときだ。

「お前、どこの世界に娘が殺しやる言うて、かまへん、やってみい言う親がおるんじゃっ！」

「パパだって、好き勝手生きてきたじゃない！　いつきはパパがヤクザやってたんも、小学校のときから知っててんでっ！　パパがおらんようになって、パパの名前をググッて、パパが何して刑務所入ったか知ったとき、どれだけショック受けたか、考えたりしたことあんの？」

目にいっぱいの涙を溜めて言い返した。父は一瞬、寂しそうな表情をしたあとに、語尾を荒げた。

「だからどないしたんじゃい！　情報屋の真似事し出したと思ったら、よりによって裏部隊やと！　親の気持ち考えたことあるんかいっ！　あかんいうたらあかんのじゃい！」

「パパにそんなん言われる筋合いなんてないわ！」

そこに居合わせた康介が慌てて口を開いた。

「いつきちゃん！　お父さんはな、なんていうかいつきちゃんがすげえ大事で、それであの、とりあえず、そんな口をきいたらダメだって、なっ、洋介？」

「こらっ、康介、誰が親子の話に口挟め言うたんじゃい。おどれは死にたいんかいっ！引っ込んどかんかいっ！」

父が鬼の形相でいつきと康介に歩み寄ろうとしたとき、父の前に洋介が立ちはだかった。

「おいっ、こら、洋介。お前、誰の前に立っとんねん」

「ボス、ダメです」

「やかましいんじゃっ！　どかんかい、こらっ！」

洋介がガラス灰皿で殴り飛ばされた。

「あっ！　この野郎！　いくらなんでも……」

今度は康介に後頭部に木製の椅子が振り下ろされる。

「ボス……オレたちが絶対にいつきちゃんのことは死んでも守りますから……」

洋介が木原の足へとしがみつき、康介も「この野郎！」と言いながら、素早く立ち上がると父の下半身に抱きついた。そこから二人は何十発も殴り飛ばされた。目の前の父は鬼だった。二人が気を失うと、父は何も言わずに、隠し部屋から出ていったのだった——。

Ｓｉｇｎａｌで、父の携帯を鳴らして報告を入れた。

——おう。終わったか、よっしゃ。でも、お前もまだまだやの。なんやあの蹴り、キムも気絶したふりすんの大変やった言うとったぞ。

ムッときた。手加減してやったのはこっちだ。

「あんな、どれだけ急所、外して手加減してんのバレへんように蹴ったかわかってんのっ。それにな、あのチビにも……」

そう言いかけたところで電話の向こうが騒がしくなった。

——木原さん！　いったいどういうことっすかっ！

——こらっ！　ポンコツ！　危ないやんけ！　いきなり引っ張んな、ボケっ！　今、教えたったばっかりやろがっ！　世の中には知らんでええことがあんねん！

——何言ってんすかっ！　あんな怖い思いしたんすよ！　教えてくださいよ！　というか、誰なんすか？　電話の相手……。

——こらっ！　お前！　前や、前見んかいっ！

いつきは黙って通話を切ると、バンコクで会った冴木亮平のことを思い出していた。

冴木は小柄な身体と思えぬほど、力強くナタでココナッツミルクを叩き割ると、そのまま御椀で飲むかのように、口に流し込んでいた。

「あんた冴木だよね。木原が何も言わないから自由にさせてるだけよ。あんまりチョロチョロと目につくような動きはしないことよ。インフォーマはあんたを許しちゃいないんだからね」

冴木からは、殺伐とした空気は一切、感じなかった。まるで樹木に話しかけているような感覚だった。いつきが話していても、一切、表情にも動きにも変化がなかった。背を向けて、歩き出そうとしたときに呼び止められた。

「お前、木原の娘か」

無感情な声のトーンに「えっ」と驚かされたのは、いつきのほうだった。

「同じ目。あの泣き虫と同じ目をしてる」

「はあっ？　あんた何言ってんの。あたしは母親似よ。人生で一回も、父親似なんて言われたことなんてないわ」

そう言いながら、なぜ冴木が自分の正体を見破れたのかわからなかった。冴木は「フッ」

というような感じで笑ったかと思うと、一言だけ口にして、立ち上がると背を向けた。

「ケガ…」

「ケガ？　ケガなんてしてないわ」

「ケガするなよ」

それだけ言うと歩き出して、泥に塗れた日本車に乗り込んで、車を走らせていったのだった。敵意のようなものは冴木からは出ていなかった。目的を失くしてしまったような人間の姿に近い。少なくとも、二年前の戦争で、父とやり合ったという殺し屋のリーダーとは思えなかった。そんなことを思い出しながら、いつきは都会の喧騒の中へと紛れ込んでいったのだった。

○木原慶次郎

そこには黒塗りのレクサスが停まっていた。同じ車を乗り続けることはまずない。木原は突然、いつきからＩｎｓｔａｇｒａｍに届けられたＤＭを思い出していた。

―パパやんな？　いつきやけど、連絡ちょうだい―

ファミリーレストランで「インフォーマになる！」と言われて立ち去られたとき、木原は座っていた椅子からズリ落ちた。立ち去るいつきの背に声をかけることもできなかった。衝撃だった。しかも、今ではインフォーマの暗部をいつきが担っているのだ。木原は軽い眩暈《めまい》を覚えて首を振った。

新たな寝ぐらにしているマンションが見えた。いつものように、不審者がいないかを確認したあと、駐車場にレクサスを滑りこませた。

室田は引越し作業を終えているだろうか。どうせ室田のことだ。車の音に気づいて、慌てて掃除を始めているに違いない。それよりも室田には、あのときのことも、問い詰めなければならない。あのとき、確かに不安げな声を電話の向こうで出していた。

「おうっ、どないや？」

——ご苦労様です！　六本木のＯＮＥってクラブで間違いないです！　ボス……いったい何が起きてるんですか？

室田は不安そうな声をあげた。

「お前もしつこいヤツやの。黙ってオレの言われた通りにしとかんかいっ。ただ、これだけは忘れるな。誰がなんと言おうが、オレにとって河村と愛之介は今でも大事な家族や。

それだけは頭に叩き込んどけよ、ええの」

少しの間を置いての返事。尼崎マフィアの恐ろしさをまたイチから室田には叩き込む必要がある。住民票を移してやるのも悪くない。自然と笑みが溢れた。

車を止めると、ｉＰｈｏｎｅをタップして、三島の携帯番号を鳴らす。流れるガイダンス。

――お客様のご都合により、通話ができなくなっております。

ｉＰｈｏｎｅを握る左がワナワナと震えた。

「あのポンコツだけは、また着信拒否してくさるやんけっ！」

木原の怒声が地下駐車場に響き渡ったのだった。

○三島寛治

京都のパーキングエリアで微糖の缶コーヒーを飲み干すと、少しは睡魔が和らいだが、ガチガチに凝り固まった首の痛みは、それくらいでは治らない。あのバカは本当に尼崎まで送らせやがった。

「ええかっ。今度、着信拒否したらわかってるやろな」

「もう木原さん、しつこいですよ！　わかってますって。住民票を持ってきて、尼崎に骨を埋めますって。オレ、木原さんのこと、なんていうか、マジで今回のことで尊敬したんですよ。あれだけ世間を騒がせていたSNSマフィアも壊滅させちゃうし、やっぱ凄いっすよっ」

　バカではないだろうか。まんざらでもない顔で気取ってやがる。ウソに決まっているではないか。

「気づくのが遅いねん、だからお前は、いつまで経ってもポンコツやねん。まあでも、オレの偉大さに気づいたんやったら、それだけでも進歩や」

「木原さん……オレ！　木原さんに褒められてマジ嬉しいっす！」

　ウソがペラペラと口から出ていく。木原は満足気にうなずくと、カバンから財布を取り出した。

「じゃあな、気をつけて帰れ。これで、長澤と箱崎になんぞ、土産でもこうて帰ったれ」

　そう言うと、木原は黒いレクサスに乗り込み、右手を軽く上げて、アクセルを踏み込んでいった。手渡された札をマジマジと見つめる。たったの二千円。長澤と箱崎に土産どころかガソリン代の足しにすらならない。まあ良い。これで、木原とは二度と会うことがないのだ。

木原が乗ったレクサスが視界から完全に消え失せたのを確かめると、三島はｉＰｈｏｎｅを取り出して、木原の携帯番号を着信拒否設定にすると、微笑みを浮かべた。パーキングエリアで小休憩をとった三島は、軽自動車に乗り込むとエンジンをかけた。

「よしっ！　まずは関西から一秒でも早く脱出するぞ！」

頬を叩いて気合いを入れると、携帯電話が振動する。ディスプレイを見れば、編集長の長澤だった。

「お疲れ様です。木原さんを送って、今から京都を出るところです、というか、編集長、もう木原さんとは二度と関わらないですからねっ！」

――あんた、何言ってんの、きぃちゃんを送り届けてすぐ、またきぃちゃんの携帯番号、着信拒否してるでしょう？　きぃちゃん、めちゃくちゃ怒っていたわよ。

望むところだ。もう二度と会わない人間が怒ってようが、三島には関係ないことだ。

「もうどうでもいいっすよ、そんなの」

ぶっきらぼうに応えると、長澤がとんでもないことを口にしたのだ。

――三島、ダッシュボード開けてみなさいよ。

言われるままに、ダッシュボードを開けると新聞紙に包まれた塊のようなものが入っている。手を伸ばすと、それが拳銃であることが、新聞紙を捲らなくとも手の感覚で分かった。

――きぃちゃんの忘れものだって。一時間以内に持って来なかったら、警察に拳銃所持してるって通報するって言ってたわよ。早く届けてきな。きぃちゃんは本当にやりかねないわよ。

オーマイガーと三島は口に出さずにはいられなかった。

エピローグ

○丸山

警視庁本部。丸山が取り調べ室のドアを開けた。二人の刑事が振り返って、困った表情を作って首を振る。

「よし、お前らちょっと休憩でも取ってこい。あとはオレに任せろ」

「すいません、マルさん」

二人の取調官が出て行くと、丸山は被疑者を見た。闇バイトで強盗に入り、ずっと黙秘を続けている二十代半ばの男だった。

「あのな、お前たちが恐れてたデーモンこと鬼塚拓真はもうこの世に存在しないんだ。被疑者不詳で死体になって山の中から見つかったんだよ。もう何も恐れることもないだろう。ちゃんと正直に話して、罪を償ったほうが良いんじゃないか。そのほうがまだシャバに早く帰って来れるぞっ」

「あんたらは何もわかっちゃいねえ……」

男がうつむいたままで吐き捨てた。

「あぁ！　なんだって？　もう一度、言ってみろ？」

「本物のデーモンは死んじゃいねえって言ってんだよっ！」

顔を上げた男の表情は、恐怖で目が血走っていた。そのときだった。勢いよく取調室のドアが開けられ、さっきの取調官が血相を変えた表情で入ってきて、丸山の耳元で囁いた。

「また同時多発強盗が起きました……」

「なんだとっ」

恐怖を顔面に貼り付けたような男の目が薄気味悪い笑みを浮かべていた。


―to be continued―

沖田臥竜

（おきた・がりょう）

1976年生まれ。兵庫県尼崎市出身。2016年に小説家としてデビュー。以来、事件から政治や芸能、裏社会まで幅広いフィールドを題材に執筆活動を続ける。一方で、近年はドラマや映画の監修を手がけるなど活躍の場を広げている。TVドラマ化された「ムショぼけ」（小学館文庫）「インフォーマ」（サイゾー文芸）のほか、「死に体」（れんが書房新社）「忘れな草」（サイゾー）など多数の小説を執筆。近著に「ムショぼけ2〜陣内宗介まだボケてます〜」（サイゾー）「ヤンチャンWeb」（秋田書店）にて連載中の「ムショぼけ〜懲役たちのレクイエム〜」（作画・信長アキラ）の原作を担当。さらに、「インフォーマ」が「マンガワン」（小学館）にてコミック化が決定している。

インフォーマ2
- ヒット・アンド・アウェイ -

2023年12月19日　初版発行

[著者]
沖田臥竜

[発行者]
揖斐　憲

[発行]
サイゾー文芸部

[発売]
株式会社サイゾー
〒150-0044
東京都渋谷区円山町20-1 新大宗道玄坂上ビル8F
電話　03-5784-0790（代表）

[印刷・製本]
株式会社シナノパブリッシングプレス

ISBN978-4-86625-178-3